FINSTERLOCH

Brigitte Karcher

FINSTERLOCH

Erzählungen

Bibliografische Information der Deutschen Nationalbibliothek:
Die Deutsche Nationalbibliothek verzeichnet diese Publikation
in der Deutschen Nationalbibliografie; detaillierte bibliografische Daten
sind im Internet über dnb.dnb.de abrufbar.

© 2023 Brigitte Karcher
Umschlag-Gestaltung, Layout und Satz: Martin Karcher, Leipzig
Herstellung und Verlag: BoD – Books on Demand, Norderstedt
ISBN: 978-3-7578-8788-9

FINSTERLOCH

Robin hatte die Idee. Morgens um vier Uhr hatte er sie, als Steffen auf seiner Trompete Taps spielte, als wir uns dabei weinend und betrunken in den Armen lagen, als wir begriffen, dass in dieser Nacht eine sehr gute Zeit für uns zu Ende ging. Eltern, Geschwister und Lehrer hatten das Fest verlassen. Steffen spielte Taps, den Zapfenstreich. Wir waren todtraurig. Plötzlich machte sie uns Angst, diese Zukunft. Vor dem Abitur hatten wir von ihr geträumt, leuchtend war sie uns erschienen.

Wir setzten uns in einem Kreis auf den Boden der großen Aula, die Mädchen in ihren langen Abendkleidern, wir in unseren längst abgetakelten Anzügen. Unsere Sakkos hatten wir in eine Ecke des Saales geworfen, unsere Hemden hingen zerknittert über den Hosen, unsere Abi-Krawatten hatten wir uns um den Kopf gebunden. Wir tranken Bier, und einige von uns weinten immer noch.

Wir sangen:

»Day is done, gone the sun,

from the lake, from the hills, from the sky,
all is well, safely rest.
God is nigh.«

Und dann spielte Steffen unausweichlich Il Silenzio, unsere drei Mann Band begleitete ihn. Sie gaben ihr Bestes. Nik stürzte nach draußen und erbrach sich ins Kräuterbeet der Klasse sieben A.

Als unser Weltschmerz immer größer wurde, sagte Robin:

»Ich denke, wir sollten noch einmal durchs Finsterloch kriechen, auf allen Vieren. Wenn wir dann das Licht am Ende der Höhle sehen, beginnt ein neues Leben, dann schaffen wir das auch.«

Beim Frühstück klagte Sali über Bauchschmerzen. Die hatte er selten, doch seit er das Gymnasium besuchte, kam es öfter vor. Er trank Kakao. Nach wenigen Schlucken wurde er bleich. Er sagte:

»Mama, ich glaub, ich muss brechen.«

Er rannte in die Toilette und übergab sich über der Kloschüssel. Pia ging ihm nach.

»Sali, was ist los, hast du dir den Magen verdorben? Gestern Abend hast du viel zu viele Pommes in dich reingestopft.«

Pia zog Sali an sich und wischte mit einem nassen Waschlappen über seinen Mund. Sali drückte seinen Kopf an ihre Hüfte und schlang seine Arme um Pia. Sie standen eine Zeit lang so zusammen. Dann sagte Pia:

»Spül deinen Mund aus Sali, dann geht's dir besser.«

»Und«, fragte Pia, als Sali mit lauwarmem Wasser gurgelte, »geht es besser, was meinst du, oder möchtest du lieber zu Hause bleiben, vielleicht wirst du krank. Wir sollten Fieber messen.«

Sali vermutete krank zu sein und wollte sehr gerne Fieber messen. Er legte sich bereitwillig auf das Küchensofa. Pia schob das Fieberthermometer in sein Ohr und Sali horchte, als flüstere das Thermometer ihm etwas zu. Pia sah auf ihre Armbanduhr, dann nahm sie das Thermometer aus Salis Ohr.

»Kein Fieber«, sagte sie und küsste die Nasenspitze ihres Sohnes. Sie überlegte.

»Du solltest heute trotzdem zu Hause bleiben, die Bauchschmerzen gefallen mir gar nicht, das Brechen auch nicht, wer weiß was du ausbrütest.«

Sali setzte sich auf. Ihm war etwas eingefallen.

»Wir schreiben heute einen Aufsatz, Mama. Wenn ich nicht mitschreibe, muss ich ihn irgendwann nachmittags nachschreiben, das will ich nicht. Ich bring es lieber hinter mich.«

Essen wollte Sali nichts. Pia legte Zwieback in seine Pausenbox, schnitt einen Apfel in dünne Schnitze.

»Du solltest Tee in der Pause trinken statt Milch«, sagte sie. »Gibt es denn Tee an der Theke?«

»Ja, gibt es, Pfefferminztee oder sowas.«

»Dann trink heute bitte Tee, versprichst du mir das?«

»Ja, mach ich.«

Sali zog seine Schuhe an, seine Windjacke. Pia hielt die Schultasche bereit, schob die Träger über seine Schulter und begleitete Sali zur Tür. Er erschien Pia in diesem Augenblick sehr tapfer. An der Tür blieb Sali stehen.

»Mama«, sagte er, »warst du schon einmal im Finsterloch?«

»Ja, früher schon. Es ist lange her. Jeder, der hier daheim ist, kennt das Finsterloch. Warum fragst du?«

Sali sagte: »Nächste Woche, du weißt doch, unser Schulausflug, der geht ins Finsterloch. Herr Schalbier wollte wissen, wer die Höhle bereits kennt. Ich war der Einzige, der sie nicht kennt.«

Pia hätte ihren Sohn jetzt am liebsten zurückgehalten, hätte ihn gerne wieder ins Bett gepackt, zugedeckt, gestreichelt und in den Schlaf gesungen. Wie früher. Sie stellte sich vor, bei ihm zu sitzen, über seinen Schlaf zu wachen und nicht nur darüber. Sie würde ihn gerne beschützen, von morgens bis abends wollte sie ihn beschützen, vor dem Spott seiner Mitschüler, vor Misserfolg, Angst, Unfällen, Krankheit, vor dem Leben. Sie wollte ihn vor dem Leben, das auf ihn zukommen würde, beschützen, denn Sali, ihr Junge, war klein und schmächtig, in der Klasse war er der Kleinste, und alle nannten ihn Stops. Pia war auch nicht groß. Manchmal machte sie sich Vorwürfe, Sali keine guten Gene vererbt zu haben. Sie beschuldigte Salis Vater, auch in dieser Angelegenheit versagt zu haben, denn Salis Vater war ein großer Mann und hatte seine Gene selbstsüchtig für sich behalten statt sie mit seinem Sohn zu teilen. Das war bewiesen. Das hatte der Kinderarzt bestätigt.

Doch nicht nur das hatte Salis Vater seinem Sohn vorenthalten. Seine Liebe hatte er einer anderen Frau geschenkt, als Sali ein Jahr alt war. Da hatte er seinen Sohn verlassen, auf sein Besuchsrecht verzichtet, sehr gerne sogar. Er hatte ganz einfach nichts mehr von ihm wissen wollen, hatte ihn aus seinem Leben verbannt und seine Mutter dazu. Er bezahlte für sein Kind, pünktlich, aber anonym. Pia hatte es Sali genau so erklärt, wie es war. Vielleicht war das falsch, vielleicht blieb Sali deshalb so klein, wer weiß. Oder es lag an Romeo und Julia auf dem Dorfe. Gottfried Keller, der Dichter, ein Mann von kleinem Wuchs, hielt Pias Gemüt auf längere Zeit mit fast magischer Energie während ihrer Schwangerschaft besetzt. Ihrem Kind den Namen Sali gegeben zu haben, erschien ihr aus jetziger Sicht bescheuert. Heute würde sie einen kernigen Männernamen wählen wie Mark, Falk, Erik oder Leo, und sich nicht von Gottfried Kellers Dorf-Romeo Sali verzaubern lassen. Jener Sali war mit seinem Vrenchen im Fluss ertrunken. Aus Liebe, in beiderseitigem Einvernehmen. Eine aufwühlende Geschichte, die sie für ihre Examensarbeit gewählt hatte. Zwei Tage vor Salis Geburt hatte sie ihre Arbeit eingereicht und beschlossen, wenn sie dafür eine Eins bekäme, einem Jungen den Namen Sali zu geben, ein Mädchen sollte ein Vrenchen sein.

Sali sagte: »Bis dann« und stapfte mit hängendem Kopf die Treppe runter. Pia brach das Herz wie jeden Morgen, wenn sie ihrem Jungen hinterher sah. Wenn sie ihn loslassen musste, ihm nicht dabei helfen konnte das zu tun, was er tun musste, was von ihm erwartet wurde. Ihr Vater sagte:

»Du musst ihm helfen, ein Mann zu werden. So wie du ihn bemutterst, wird das nicht klappen, Pia.«

Sie trank noch eine Tasse Kaffee und rief ihren Vater an.

»Hör mal, Papa, der Schalbier will mit der ganzen Klasse durchs Finsterloch kriechen. Der hat sie doch nicht alle. Sali war noch nie im Finsterloch. Wie soll das gehen?«

Pias Vater war ein pensionierter Gymnasiallehrer und ehemaliger Kollege von Heinz Schalbier, Salis Klassenlehrer. Er beruhigte seine Tochter.

»Was ist so aufregend daran. Sei doch froh, wenn Sali Gelegenheit bekommt, seinen Mut zu beweisen. Ich kann jedenfalls nicht mehr mit ihm in die Höhle, und der Schalbier weiß, was er tut. Vertrau einfach mal den Leuten, die deinen Sohn unterrichten. Ein kleines Abenteuer gehört nun mal zur Entwicklung Heranwachsender.«

»Aber Sali ist noch so klein. Er ist der Kleinste von allen, er ist ja noch gar kein Heranwachsender, er ist ein Kind. Sie hänseln ihn, bei seinen Mitschülern ist er der Stops.«

Und dann weinte sie.

»Piamädchen«, sagte der Vater, »wenn er durch die Höhle kommt, wird er wachsen.«

Später rief sie Alex an. Alex hatte mit Pia zusammen Germanistik studiert, zur selben Zeit das Examen gemacht. Alex arbeitete als Korrektor für einen Verlag, schrieb Artikel für das Regionalblatt und hielt Literaturkurse an der Volkshochschule. Pia unterrichtete Deutsch an der Fachakademie für Erzieher*innen. Drei Tage in der Woche erarbeitete sie mit zukünftigen Kindergärtner*innen Gedichte, Märchen und Kinderbücher. An diesen Tagen betreute ihr Vater seinen Enkel. Er half ihm bei den Hausaufgaben, sie bastelten zusammen, spielten Mühle, gingen im Sommer manchmal Eis essen.

Pia und Alex waren befreundet, beide geschieden, das verband sie. Alex verstand sich sehr gut mit Sali. Er sagte:

»Sali ist momentan noch kleiner als seine Mitschüler, aber nicht im Kopf, Pia, nicht im Kopf.«

Ab und zu machten sie am Wochenende Ausflüge zu dritt. Das gefiel Sali, das gefiel Pia und Alex sowieso. Er hätte sich eine festere Bindung zwischen ihnen gewünscht, aber Pia fand es gut so wie es war. Sie hatten darüber gesprochen, offen und in aller Freundschaft. Also war es geblieben, was es bisher war, eine Beziehung auf Abstand, mit gegenseitiger Unterstützung und Zuwendung.

Pia sagte:

»Hallo, Alex, sag, hast du am Wochenende Zeit? Ich möchte am Sonntag mit Sali das Finsterloch bezwingen. Aber ich möchte es nicht allein tun, ich wäre beruhigt, wenn du dabei wärst. Ginge das für dich?«

»Am Wochenende, warte mal«, überlegte Alex. Pia hörte ihn in seinem Tischkalender blättern.

»Sonntag, Sonntag, Sonntag«, murmelte er. »Du, das geht. Zum Glück fällt eine Seniorenveranstaltung aus, der monatliche Tanz-Kaffee, du weißt schon. Ich hätte fürs Blättchen darüber schreiben müssen. Genau, er ist gestrichen, also wann treffen wir uns?«

Pia schlug vor, Alex am Sonntag gegen elf Uhr abzuholen.

»Wir können nach dem Durchstieg an der Hütte essen. Ich lade dich ein. Alex, ich bin so erleichtert, dass du mitkommst. Sali soll nächste Woche auf dem Schulausflug in die Höhle gehen. Er ist der Einzige in seiner Klasse, der sie noch nicht kennt. Ich will einfach nicht, dass er sich vor seinen Mitschülern blamiert, womöglich weint, du kennst ihn ja, er ist ängstlich. Sie sagen Stops zu ihm.«

Alex machte ein Geräusch als platze ein Luftballon auf seinem Tisch.

»Was machst du da«, fragte Pia, »was war das eben?«

»Was denkst du, was es war, rate mal«, sagte er. Pia sagte:

»Es hörte sich an, als platze ein Luftballon oder so.«

»Es war ein Luftballon«, sagte Alex. »Er eiert schon seit vorgestern auf meinem Schreibtisch herum. Jetzt war er fällig. Ich hatte Lust irgendwo rein zu stechen. Der Stops machte mich wütend. Pia, wir kriegen das hin am Sonntag, verlass dich darauf, wir kriegen es hin.«

Gegen Mittag stellte Pia Kartoffeln auf den Herd und ließ sie leise köcheln. Sie legte gefrorene Hackbällchen in eine Pfanne und taute sie bei schwacher Hitze auf. Sie putzte Karotten und schnitt sie in längliche Stifte. In einem Topf erhitzte sie Butter und gab die Karottenstifte dazu, etwas Salz, etwas Zucker, löschte mit Wasser ab und ließ das Gemüse schmoren. Sie erwartete ihren Vater zum Mittagessen. Heute war Opatag.

Zuerst kam Sali. Er stolperte geräuschvoll in den Flur und ließ seine schwere Schultasche von der Schulter gleiten. Er rief:

»Ist Opa schon da?«

Dann verschwand er in der Toilette. Pias Vater kam, als Sali sich die Hände wusch.

»Opa, ich bin gleich bei dir«, rief er durch die geschlossene Toilettentür. Er spülte zum zweiten Mal ab, das tat er immer, warum wusste er selbst nicht, er konnte es Pia auch nicht erklären, es musste sein. Er riss die Klotür auf und hing an seinem Opa. Er bettelte.

»Lernst du mir heute Schach, du hast es mir versprochen, bitte, Opa, Schach, Schach, Schach.«

»Wir werden sehen«, sagte Pias Vater.

»Und, geht's dir besser, hast du Tee getrunken, keine Bauchschmerzen?«

Pia befühlte Salis Stirn. Sali griff sich an den Bauch.

»Alles gut, Mama, mir geht's gut.«

»Und der Aufsatz, wie lief es mit dem?«

Ihr Vater sagte: »Oh, ein Aufsatz, das ist ja interessant.«

Zwei Germanisten am Esstisch konnten kaum erwarten zu hören, was Sali mit dem Thema angestellt hatte.

»Ach«, sagte Sali, »das Thema war total langweilig. Es hieß ‚Ein Regentag'. Ich wusste zuerst gar nicht was ich schreiben sollte.« Er schubste ein Hackbällchen mehrmals gegen eine Kartoffel und ließ es von der Gabel in den Teller plumpsen.

»Und dann ist dir womöglich doch noch etwas eingefallen, oder«, fragte der Opa.

»Na ja«, sagte Sali, »irgendwann schon, aber nichts Besonderes, nur so Regenkram.«

Mehr war nicht zu erfahren. Es gab noch Nachtisch. Pia hatte Bananen mit einer Gabel zerdrückt und unter steif geschlagene Sahne gerührt, ein bisschen Raspel-Schokolade darübergestreut. Ihr Vater aß das gern, ein Rezept seiner verstorbenen Frau.

»Mamas Bananensahne«, sagte er und lächelte.

Für Pia wurde es Zeit. Sie packte ihre Tasche und wechselte die Schuhe. Zur Fachakademie ging sie in höheren Absätzen. Sie achtete auf ihre Erscheinung, setzte auf einen Hauch Eleganz. Sie tat es für sich, auch ein bisschen für die Student*innen, aber vor allem für sich. Die Arbeit an der Akademie bedeutete ihr viel. Sie unterrichtete gern, schätzte aber die Zeit in den Seminaren vor allem als eine Auszeit von der häuslichen Enge, den Pflichten, dem Alleinsein. Sie hatte sich die Lippen geschminkt, Lidstriche gezogen.

»Schöne Mama«, sagte Sali, »allerschönste Mama.«

Pia küsste ihn und hinterließ eine winzige Spur Rot auf seiner Backe. Sie umarmte ihren Vater.

»Papa, Sali hat sich heute Morgen erbrochen, er hatte Bauchschmerzen, aber kein Fieber. Trotzdem, es könnte sein, dass noch ein Fieber kommt. Ich sag das nur, damit du Bescheid weißt, okay?«

»Alles gut, wir schaffen es. Und hab einen schönen Nachmittag.«

Sali machte seine Hausaufgaben sehr selbständig, selten bat er um Hilfe, doch heute trieb ihn etwas um. Er konnte sich nur schwer konzentrieren. Er bog seinen Radiergummi mehrmals in Halbmondform und ließ ihn aus den Fingern schnellen. Er spitzte gedankenverloren seinen Bleistift einen Zentimeter kürzer, spielte mit den Fingern direkt vor seinen Augen, als entdecke er soeben ihre Beweglichkeit.

»Opa«, sagte er, weißt du, wie lang das Finsterloch ist, weißt du es?«

Der Opa las Zeitung und tat, als ließe er sich ungern dabei stören. In Wahrheit musste er nachdenken. Er hatte das Gefühl, dass von seiner Antwort viel abhinge, dass sich jetzt entscheiden könnte, wie Sali sein Leben meistern würde, und dass er als Opa Verantwortung dafür trage. Er sagte: »Ich weiß es nicht mehr. Da müsste ich jetzt nachschauen, aber mein schnellster Durchgang dauerte sechsundvierzig Minuten, ich habe das gestoppt.

»Du hast es gestoppt?«

»Ja, ich bin als Junge mehrmals durchgekrochen, und Uhren gab es zu meiner Zeit auch. Später ging ich nicht mehr rein. Weißt du, am leichtesten ist es für Kinder. Wer kleiner ist, braucht sich nicht zu bücken, der kann bis auf eine sehr niedere Stelle aufrecht gehen.«

Sali überlegte: »Dann ist es gut für mich, jetzt in die Höhle zu gehen, jetzt bin ich noch nicht so groß.«

»Ganz genau, jetzt ist der beste Zeitpunkt für dich«, sagte Pias Vater.

Er faltete die Zeitung zusammen. Er sagte:

»Du stehst zuerst in einer kleinen Vorhalle. Du hast eine Taschenlampe dabei, am besten eine kräftige Stablampe, du kannst meine haben. Die Wände in der Vorhalle sind immer feucht. Am Ende der Halle siehst du eine dunkle Öffnung, dort beginnt der Tunnel. Du gehst da rein. Im Tunnel kannst du noch gehen, große Leute müssen sich bücken. Irgendwann erreichst du die sogenannte Treppe. Über Steinblöcke geht es abwärts, recht steil, dann macht der Tunnel eine Kurve, danach kommt das Nadelöhr. Also jetzt musst du kriechen. Alle kriechen, die Kleinen und die Großen, auf allen Vieren krabbelst du durch. Manche ziehen Handschuhe an. Die Taschenlampe klemmst du dir in den Hosenbund, sehen musst du hier nichts, du kannst einfach nur vorwärts krabbeln, kannst dich nicht verirren. Der Tunnel wird jetzt weiter, höher. Du kannst aufstehen, deine Taschenlampe nehmen. Ganz gemütlich geht es vorwärts. Versuch mal laut zu rufen, das klingt seltsam in der langen Röhre. Du gehst und gehst und plötzlich wird es heller. Du siehst das Licht am Ende des Tunnels, es ist fantastisch, du gehst auf das Licht zu, du bist durch.«

Salis Finger hatten aufgehört zu tanzen.

»Oh Mann, Opa, ich will da unbedingt rein, Wahnsinn. Ich gehe mit Alex am Sonntag zum Rotenstein. Mama kommt auch mit. Aber die beiden werden es schwerer haben als ich. Wissen sie das?«

»Du gehst mit Alex am Sonntag ins Finsterloch? Das wusste ich nicht, na sowas. In dem Fall bring ich dir gleich morgen die Taschenlampe mit. Dann kannst du deiner Mama den Weg ausleuchten. Der Alex hat sicher seine eigene Lampe dabei. Ja, du wirst es sehr viel leichter haben als die beiden, aber das wissen sie. Sie dürfen sich gerne mal ein bisschen anstrengen, das schadet ihnen nicht, es gehört dazu, hinterher erholt man sich bei einem Bier an der Hütte.«

»Ich esse dann ein Eis«, sagte Sali. Er beugte sich über sein Schulheft und begann zu rechnen.

Sali packte seinen kleinen Rucksack schon am Samstag. Eine Tüte Gummibärchen, ein Taschenmesser, seinen Kompass, ein Geburtstagsgeschenk von Alex und eine Rolle Drachenschnur. Mehr nahm er nicht mit. Pia würde noch gekochte Eier und Äpfel dazulegen, sie hatte angekündigt, den Rucksack zeitweise zu tragen. Aber Sali hatte das abgelehnt. Die Taschenlampe seines Opas steckte er griffbereit in eine Außentasche. Dann dachte er nach. Er fragte sich, ob es sinnvoll sei, mit einem Rucksack durch das Nadelöhr zu kriechen. Er besprach das mit Pia. Sie sah da kein Problem.

»Alex und ich kriechen auch und stoßen nicht an der Decke an. Da ist bei dir samt Rucksack noch genügend Luft nach oben.«

Sali nickte befriedigt. Er dachte an seinen Vorteil kleiner zu sein. Er dachte an seinen Opa, der ihm empfohlen hatte, die Durchquerung jetzt zu wagen. Er hätte gerne eine Stoppuhr, aber seine Armbanduhr musste ihm genügen. Er durfte einfach nicht vergessen, am Anfang und Ende der Höhle einen Blick auf das Zifferblatt zu werfen. Er würde gerne die sechsundvierzig Minuten Rekordzeit seines Opas brechen. Er hoffte, Alex und seine Mama würden ihm das morgen nicht vermasseln. Er befürchtete, sie könnten im engen Nadelöhr stecken bleiben, zumindest Alex, der in letzter Zeit erkennbar zugenommen hatte. Sali sah nur eine Möglichkeit, er würde als Frontmann gehen, laufen wie ein Wiesel, notfalls musste er eine Entscheidung treffen. Er würde die schwerfälligen Erwachsenen hinter sich lassen. Das war sein Plan.

In der Nacht träumte Sali. Er stand auf einem Podest, und man hatte ihm einen viel zu großen Kranz aus Ahornblättern über die Schulter gelegt. Seine Mitschüler, Herr Schalbier, Alex und Pia jubelten ihm zu. Sein Opa hielt eine Festrede. Er würdigte seinen Rekordlauf von zwanzig Minuten. Eine sagenhafte Zeit sei das, sagte Opa, in der Sali als erster Mensch das Finsterloch bezwungen habe. Im Namen aller Höhlenfreunde überreichte er seinem Enkel eine Stoppuhr. Danach wachte Sali auf. Er hatte verschlafen. Er war verschwitzt. Er tappte in die Küche, Pia kochte Eier zum Mitnehmen. Sie schnitt eine Salatgurke in Scheiben, wusch Äpfel.

»Warum hast du mich nicht geweckt«, sagte Sali, »ich wollte doch noch Opa anrufen. Das wird jetzt knapp.«

»Opa macht heute mit dem Philologenkreis die Studienfahrt zu einer römischen Therme, weißt du das nicht mehr, er ist schon längst unterwegs.«

Sali war verwirrt. Er war noch nicht in der Realität angekommen, spürte noch immer den schweren Kranz auf seiner Schulter. Er setzte sich an den Tisch und trank seinen Kakao. Er war in sich gekehrt, sehr nachdenklich und hatte keinen Hunger. Pia mahnte.

»Sali, du musst etwas essen, mit leerem Magen kannst du den Anstieg auf den Rotenstein nicht schaffen, du weißt, der zieht sich hin.«

Sali aß nun auch ohne Hunger. Er wusste, dass Extremsportler und Geologen auf Forschungstour sich von Müsli ernähren. Das stand auf seiner Packung Mehrkornmüsli mit Trockenobst. Da stand auch ein Bergsteiger mit borstigem Haarschopf vor einem spitz aufragenden Felsgipfel. Er hielt eine Schale mit einer milchgetränkten Fruchtkornmischung in der Hand und führte einen gehäuften Löffel der kraftspendenden Nahrung zum lachenden Mund. Sali ahmte ihn nach. Er lachte, bevor er seinen Löffel in den Mund schob.

»Du bist aber gut drauf«, sagte Pia und legte Äpfel und ein Säckchen mit Gurkenscheiben und gekochten Eiern in Salis Rucksack. Sali blinzelte Pia zu. Er fühlte sich mit einem Mal sehr stark, dem Bergsteiger auf der Packung sehr nahe. Er dachte, wenn Mama wüsste, was ich weiß, wenn sie wüsste, was ich heute vorhabe, was heute noch passieren wird, dann wäre sie jetzt schon stolz auf mich. Mama, du wirst dich heute noch wundern, dachte er. Er aß wie einer, der es allen zeigen wird, mit funkelnden Augen, in denen die geheime Botschaft stand: Ich weiß etwas, was du nicht weißt. Er kaute langsam, genoss sein Geheimnis und presste nach jedem Löffel die Lippen zusammen. Kein Sterbenswort käme aus seinem Mund, nicht jetzt.

Pia stellte ihr Auto auf dem Parkplatz Wildheide ab. Sie waren nicht die einzigen, die den Sonntag zu einem Ausflug nutzten. Sali setzte seinen Rucksack auf. Pia wollte ihm helfen, doch Sali wies sie entschieden ab.

»Lass es, Mama, ich schaff das allein.«

»Du sagst aber Bescheid, wenn dir der Rucksack zu schwer wird, ja? Alex wird ihn auch mal tragen.«

Statt einer Antwort zog Sali los, und Alex rief:

»Nicht so schnell, Sali, ein alter Mann ist kein D-Zug.«

Sali kannte den Spruch, er fand ihn sonst lustig, heute ärgerte er sich über ihn.

Sie gingen es gemächlich an. Auf dem schattigen Waldweg, der sich in langgezogenen Serpentinen in die Höhe wand, waren sie zu Beginn ihrer Wanderung allein. Nach der ersten Weggabelung wurden sie von vier Mädchen überholt, die lärmend an ihnen vorbeistürmten. Sali machte sich Sorgen. »Wenn die auch in die Höhle wollen, dann wird es aber eng.«

Alex beruhigte ihn.

»Nicht alle, die hochsteigen, gehen ins Finsterloch, eigentlich tun das die wenigsten, die meisten wandern zur Hütte.«

Salis Bedenken konnte er nicht restlos zerstreuen. Schon wieder zog eine Männertruppe mit Tempo an ihnen vorbei.

Pia sagte: »Man merkt, dass heute Sonntag ist, da ist ordentlich was los da oben.«

Sali hörte das nicht gern. Unglücklich fixierte er Alex Figur, die in den letzten Monaten irgendwie breiter geworden war, als hätte man Alex mit Luft aufgepumpt. Jetzt gab er das auch noch zu.

»Verdammt, ich bin sowas von untrainiert. Ich hätte nicht gedacht, dass mich die paar Pfunde zu viel derart schlauchen.«

Er blieb stehen, atmete schnell.

»Du bewegst dich zu wenig, mein Lieber«, sagte Pia, »ständig am Computer. Zu viel Kaffee, Pizza, Spaghetti, Rotwein am Abend. Das trägt auf, ist nicht gut. Geh jetzt einfach das Tempo, das du gehen kannst, und denk dran, Alex, wir haben Zeit, das Finsterloch läuft uns nicht davon.«

Sali war entsetzt. Was redete Seine Mutter daher. Er hatte überhaupt keine Zeit, im Gegenteil, die Zeit lief ihm davon, und nicht nur sie, alle liefen ihm davon, überholten Alex, ihn und Pia, sagten »Grüß Gott« und waren weg. Nun, er würde auch ohne die beiden den Durchstieg machen. Er traf eine Entscheidung. Er würde jetzt schneller laufen, Gas geben, nicht in diesem Trotteltempo weiter gehen. Zur Not würde er vor der Höhle auf Alex und seine Mama warten. Außerdem könnte er inzwischen da oben die Lage sondieren, ein bisschen die Vorhalle begutachten, sich eingewöhnen.

»Mama, ich lauf mal voraus, das lahme Tempo macht mich müde. Ich warte auf euch vor der Höhle, okay?«

Pia fand das gar nicht okay. Sie befürchtete, sie würden sich verfehlen, einander nicht finden, und der schrecklichste aller Gedanken ergriff natürlich sofort von ihr Besitz, die Vorstellung, Sali könnte von einem pädophilen Wanderer ins Gebüsch gezogen werden. Man las so viel in letzter Zeit von solchen Verbrechen, und in jedem neuen Fall sah Pia eine Gefahr, die unaufhaltsam näher zu kommen schien. Sie wollte ihr Kind natürlich nicht über Gebühr ängstigen, nicht ständig mit lauernden Schrecken verunsichern, aber heute war Vorsicht geboten auf diesem dicht bewaldeten Berg mit seinen Weggabelungen, seinen Felsgruppen, seinem dichten Unterholz.

»Du kannst etwas schneller gehen, Sali, aber du bleibst in Sichtweite, ist das klar.«

Sali nickte und sah zu Boden.

»Ist das klar, Sali?«

»Ja, ist klar«, sagte Sali und ging los.

Zunächst ging er nicht besonders schnell, aber mit größeren Schritten als bisher, was Pia nicht auffiel. Dann zog Sali sein Tempo unmerklich an, der Abstand zu Alex und Pia wurde größer. Immer noch im Sichtbereich der beiden drehte er sich um und winkte. Sie winkten zurück. Alex strengte sich an, ging etwas zügiger. Sali hüpfte von einem Bein auf das andere, deutete mit ausgestrecktem Arm auf die nächste Serpentinenkurve und rief:

»Ich geh mal um die Ecke und warte oben«.

Er rannte einfach los. Pia konnte nichts dabei tun als ihm hinterher zu sehen. Sali, ihr Junge, war so schnell, zwar klein, doch voller Kraft, er hätte den Berg im Dauerlauf erstürmen können. Pia war außer sich.

Alex sagte: »Jetzt vertrau mal deinem Sohn. Sali ist doch nicht dumm, du musst ihn auch mal laufen lassen, außerdem hat er seinen Kompass dabei, er kommt schon dahin, wo er will.«

»Hoffentlich«, sagte Pia düster. Dass Sali sich nicht an die Abmachung gehalten hatte, machte ihr besonderen Kummer. Das war neu für sie, noch nie dagewesen, und

sie verstand es auch nicht. Was war mit ihrem Kind geschehen?

Pia lief jetzt auch etwas schneller und ließ Alex hinter
sich. Sollte er doch alleine gehen, er konnte nicht verlangen, dass sie auf ihn Rücksicht nahm, und seine beruhigenden Reden ertrug sie im Augenblick auch nicht.
Sie erreichte die Kurve und sah keinen Sali. Ab jetzt
wurde der Weg steiler, Sali schien ihn im Eiltempo genommen zu haben. Sie rief seinen Namen, doch er antwortete nicht. Sie rief mehrmals. Dann ging sie weiter,
den steilen Anstieg hoch, zur nächsten Kurve, schaute
nicht mehr zurück, nur vorwärts. Zu allem Übel hörte sie
Motorengeräusch hinter sich. Zwei Motorräder schossen
an ihr vorbei, schlingerten in der Kurve und suchten mit
aufheulendem Motor eine Fahrspur im sandigen Waldweg. Als sie sah, dass es ein Polizeieinsatz war, setzte sie
sich an den Wegrand und zitterte.

Sali stand an einer Wegkreuzung. Er war sich nicht sicher, welche Richtung er einschlagen sollte. Einen Wegweiser zum Finsterloch hatte er noch nicht entdeckt, doch
sah er ein Schild an einem mächtigen Buchenstamm. Ein
Pfeil deutete in Richtung des Ostfelsens. Von seinem Opa
wusste er, dass der Fels dem Berg seinen Namen gab.

»Und warum wohl, Sali«, hatte der Lehrer damals gefragt, »denk mal nach.«

»Keine Ahnung«, hatte Sali gesagt.

»Die aufgehende Sonne färbt die Felswand rot, also
heißt der Berg Rotenberg, ganz einfach.«

Auf dem Ostfelsen war Opa selbst noch nie gewesen,
zu steil, zu gefährlich sei der Abstieg oder Aufstieg in der

Wand. Zudem sei der Zugang am Fuß des Felsens von Wildrosensträuchern eingewachsen wie Dornröschens Märchenschloss. Man brauche ein Schwert, wollte man die Wand erklimmen. Sein Opa hatte den Ostfelsen nur selten erwähnt, trotz seiner wichtigen Rolle als Namensgeber. Darüber wunderte sich Sali jetzt. Er wunderte sich noch mehr, als ein Junge aus seinem Gymnasium, einer der diesjährigen Abiturienten, bergabwärts Richtung Ostfelsen rannte. Er kannte den Jungen, er hieß Nik. Nik hatte ihn und seine Mitschüler in den ersten Wochen nach Schulbeginn betreut. Er sei ihr Klassenpate, hatte Nik gesagt, und wenn sie Probleme hätten, sollten sie sich an ihn wenden. Sali wunderte sich, dass Nik ihn nicht beachtete und einfach an ihm vorbeistürmte. Aber er wusste auch, dass Jogger nur eines interessiert, ihre Zeit, ihre Lauf- und Atemtechnik. Er konnte Nik verstehen. Auch er hatte heute nur eines im Sinn, den Rekordlauf seines Opas zu brechen. Dass Nik sein Laufpensum auf dem Rotenstein absolvierte, wunderte Sali nicht. Ein dichter Laubwald, gute Luft, anspruchsvolle Steigungen wurden von Joggern bevorzugt. Das alles gab es hier.

Sali schlug die andere Richtung ein und erreichte nach einer knappen Stunde endlich einen Seitenweg zum Finsterloch. Der Weg führte leicht abwärts in eine Senke, in der eine Menge Leute aufgeregt miteinander diskutierten. Zwei Motorräder, die unterwegs an ihm vorbeigedonnert waren, lehnten am Eingang der Höhle.

»Die Polizisten sind jetzt in der Höhle«, rief ein Mann seiner Familie zu, seiner Frau, seinen drei kleinen Kindern, diese in Lederhosen und mit Rucksäckchen auf dem Rücken. Sie waren nicht mit dem Vater in die Mulde

gestiegen. Sali sah das alles mit Grausen. Was war das
für eine Veranstaltung hier vor der Höhle. Was wollten
alle diese Leute hier. Es sah nicht danach aus, als hätten
sie eine Höhlenwanderung im Sinn. Es sah danach aus,
als warteten sie auf etwas Bedeutsames, als habe sie eine
aufregende Nachricht hergelockt, als gäbe es hier dem-
nächst etwas Außergewöhnliches zu sehen. Eines der
Kinder sagte:

»Und wenn sie ihn nicht finden, was machen sie dann?«

Die Mutter sagte: »Sie finden ihn, die Polizisten sind
jetzt in der Höhle, die finden ihn.«

Der größte der Jungen sagte zu seinen etwas kleineren Brüdern:

»Die finden ihn, es sind Polizisten.«

Die kleinen Brüder nickten heftig. Die Mutter teilte
jetzt Karamell-Bonbons an ihre Kinder aus. Sie entdeckte Sali und bot ihm auch ein Bonbon an. Sali griff zu und
bedankte sich. Dann fragte er:

»Was ist denn hier passiert, wissen Sie das?«

Die Frau warf einen besorgten Blick auf ihre Kinder,
wandte sich etwas von ihnen ab. Sie sprach leise.

»Ein junger Mann ist verschwunden. Er war mit einer
größeren Gruppe in der Höhle und kam nicht wieder
heraus. Sie suchen ihn, ich hoffe, sie werden ihn finden.«

Sali sah seine Chance schwinden, heute den Rekord zu
brechen. Einer der Polizisten kam jetzt aus der Höhle und
schwenkte seine Arme wie laufende Scheibenwischer.

»Nichts gefunden«, sagte er zu den Nächststehen-
den, und wie ein Lauffeuer verbreitete sich die schlechte
Nachricht. Handys wurden gezückt, die Höhle wurde fotografiert. Der zweite Polizist kam dazu und forderte die

Leute auf, den Platz vor dem Finsterloch zu verlassen. Das geschah gemächlich, man fotografierte zum Teil im Rückwärtsgang, den Höhleneingang fest im Blick. Die Polizisten verschlossen den Eingang mit einem rot-weißen Plastikband. Sie schlangen es um das Astwerk, das die Öffnung umwucherte. Dann stellten sie ein Klappschild auf den Boden, welches das Betreten der Höhle bis auf Weiteres untersagte. Ein vorgefertigtes Schild das vielseitig einsetzbar war.

Sali setzte sich auf den Boden und starrte in die Senke. Die Mutter der kleinen Jungen fragte ihn, ob er allein auf dem Rotenstein sei.

»Nein, nein, meine Mutter wird bald hier sein, ich bin voraus gegangen.«

»Ach so ist das«, sagte die Frau, »dann kann ich dich also unbesorgt hier zurücklassen. Mein Mann und die Kinder möchten jetzt gerne zur Bergschänke gehen. Wenn du willst, kannst du dich uns anschließen, deine Mutter würde dich dort ebenso gut finden.«

»Nein«, sagte Sali, »ich bleibe hier, ich habe es so mit meiner Mutter besprochen.«

Er ärgerte sich, dass diese Frau anscheinend Probleme hatte, ihn allein zu lassen. Er dachte, wieso tut sie so, als wäre ich ihr Kind. Das war unangenehm. Er dachte, sie hat kein Recht mich zu bemuttern, das darf nur Mama, wenn überhaupt. Die Frau ließ noch nicht locker.

»Na gut, dann gehen wir jetzt los, und wie gesagt, du findest uns oben an der Hütte, falls du es dir anders überlegst.«

Sali sagte nichts mehr. Die Frau folgte ihrem Mann und ihren Kindern, die schon aufgebrochen waren.

Er nahm die Taschenlampe aus seinem Rucksack und richtete ihr Licht auf den Höhleneingang, doch die Entfernung war zu groß, um den Eingang zu beleuchten. Er spielte mit der Lampe, ließ den Lichtstrahl kreisen, setzte helle Flecken ins dunkle Unterholz am Rand der Senke und erregte damit die Aufmerksamkeit der Polizisten. Einer der beiden kam auf Sali zu.

»Was machst du da oben«, rief er, »auf wen wartest du, Junge?«

»Ich warte auf meine Mutter, wir möchten in die Höhle gehen, ein Freund kommt auch noch mit.«

Sali hoffte, der Polizist würde das erlauben und für sie eine Ausnahme machen. Er erklärte ihm, dass es schnell gehen würde, da er heute einen Rekord brechen, die Laufzeit seines Opas unterbieten wolle.

»Mein Opa schaffte das in sechsundvierzig Minuten. Ich möchte die Höhle in zwanzig Minuten knacken, deshalb bin ich hier.«

Der Polizist schien beeindruckt zu sein.

»Zwanzig Minuten, das wäre nicht schlecht. So ein Kleiner wie du könnte das schaffen. Flitzt mal eben durch, wäre denkbar, wieso nicht, aber leider leider nicht heute, heute bleibt das Loch geschlossen. Da muss erstmal die Spurensicherung rein, verstehst du.«

Sali fiel die Taschenlampe aus der Hand, sie rollte den Abhang hinunter und zielgenau vor die Füße des Polizisten. Der hob sie auf und begutachtete sie.

»Ein schönes Exemplar hast du da, eine ältere Bauart, aber eine vom Feinsten, gratuliere.«

»Mein Opa hat sie mir geschenkt, erst vor vier Tagen, er möchte auch, dass ich die Höhle kennenlerne.«

Sali brachte geschickt seinen Opa ins Spiel und hoffte damit, auf Verständnis bei dem Mann zu stoßen. Das hatte der auch, aber eher grundsätzlich.

»Das musst du auch. So einer wie du muss unbedingt die Höhle erkunden, aber heute hast du wirklich Pech, wir müssen zuerst den Vermissten finden, dann sieht man weiter. Der ganze Berg wird abgesucht, viele Ausflügler sind schon dabei, Suchtrupps kommen in einer Stunde. Du könntest dich den Freiwilligen anschließen und mitsuchen, kleine Forscher sehen oft mehr als große Leute, die ihre Augen vor allem nach oben richten. Du bist einer fürs Unterholz, da bist du genau richtig.«

Sali ließ sich nicht verschaukeln. Das mit den kleinen Forschern fürs Unterholz gefiel ihm nicht. »Könnte ich bitte meine Taschenlampe wiederhaben.«

Er rutschte auf dem Po in die Senke und stand vor dem Polizisten. Der war sehr groß und blickte belustigt auf Sali herab.

»Aber klar«, sagte er und gab Sali die Lampe. »Ein gutes Stück kehrt zu seinem Besitzer zurück, so wie es sich gehört.«

Sein Kollege kam näher.

»Pass mal auf Junge, wir müssen jetzt los. Es ist nicht gut, wenn du dich hier alleine herumtreibst. Was ist denn nun mit deiner Mutter, wann kommt die denn. Wir können dich nicht zurücklassen, du befindest dich an einem potentiellen Tatort.«

Sali erschrak. Er rechnete nach. Pia müsste schon längst hier sein, auch Alex könnte allmählich auftauchen, den Weg sogar in seinem Schneckentempo bewältigt haben müssen.

»Meine Mutter sollte längst hier sein«, sagte er beunruhigt, »wir haben uns ganz klar vor der Höhle verabredet.«

Die Polizisten berieten sich. Sie überlegten, ob sie Sali dem Hüttenwirt übergeben oder ihn mit auf die Wache nehmen sollten. Doch zum Glück stand plötzlich Pia am Rand der Senke und rief:

»Mein Gott Sali, da bist du ja.« Sie ruderte mit einem Arm rückwärts und schrie: »Da ist er, Alex da ist er.«

Und dann kam Alex. Keuchend und mit hochrotem Kopf tauchte er hinter Pia auf.

»Na also«, sagten die Polizisten und empfahlen sich. »Immer schön bei der Mama bleiben«, rieten sie Sali und beleidigten ihn damit zutiefst. Sie starteten ihre Motorräder und jagten sie über den schmalen Steig aus der Senke in den Hohlweg, der auf das Hochplateau des Rotensteins führte.

Pia hatte unterwegs vom Verschwinden eines jungen Mannes gehört. Wanderer auf der Suche nach ihm hatten sie gebeten, die Augen offen zu halten. Eine Gruppe Schüler sei durchs Finsterloch gegangen, der Schlussmann sei spurlos verschwunden. Die Schüler selbst seien unterwegs, um ihren Klassenkameraden zu suchen. Ein Polizeisuchtrupp sei angefordert.

Mit Entsetzen hatte Pia nach Sali gerufen, immer wieder. Ihr Schreien hatte Alex zu einer schnelleren Gangart angetrieben. Mit vorgebeugtem Oberkörper und schwer atmend war er hinter ihr hergelaufen und hatte sie beinahe eingeholt. Er wusste nicht, was passiert war, Pias Rufe nach Sali ließen ihn aber das Schlimmste vermuten. Er ließ sich neben Pia angekommen ins Gras fallen und schnappte nach Luft. Er hatte gesehen, dass Sali lebte und überließ alles weitere seiner Mutter. Er schloss die Augen, befühlte seinen Puls. Er war absolut sauer auf Sali, auf diesen starrköpfigen Jungen, der ihm heute seinen Sonntag versaute. Da wäre es im Senioren-Tanzkaffee gemütlicher gewesen. Er setzte sich auf, sah Pia, die ihren Sali, ihren Einzigen, an sich drückte, ihren Kleinen, der inzwischen aus der Mulde empor zu seiner Mama gerannt war. Er war jetzt froh, nicht Salis Vater zu sein, das war er eigentlich schon immer, heute besonders. Er sagte:

»Was für ein Tag, ganz ehrlich, mir reicht es.«

Mutter und Kind beachteten ihn nicht. Pia weinte, und Sali sagte immer wieder:

»Aber Mama, mir ist doch gar nichts passiert.«

Alex stand auf.

»Mann Junge, was fällt dir eigentlich ein, deiner Mutter davon zu laufen und sie so in Angst zu versetzen.«

Alex war wirklich sehr wütend und konnte es nicht mehr verbergen. Für ihn sei der Ausflug hier und jetzt zu Ende, sagte er, und er habe keine Lust mehr auf Hüttenzauber und Biertischpicknick. Zum Glück sei auch die Höhle geschlossen, er würde sie sowieso nie mehr betreten. Wer einmal drin war, muss das nicht mehr haben. Er schlug vor, allein zurück zu gehen, er würde mit dem nächsten Bus nach Hause fahren.

»Wenn ihr wollt, könnt ihr gerne noch aufs Hochplateau laufen. Viel Spaß dabei, aber ohne mich.«

»Kommt nicht in Frage Alex«, sagte Pia, »wir sind zusammen aufgebrochen, wir kehren zusammen heim.«

Sie gingen gemeinsam den Weg zurück, den sie gekommen waren, Sali mit hängendem Kopf.

»Wir könnten noch miteinander zu Abend essen, über den Tag sprechen, ihn ausklingen lassen. Was meinst du, Alex?«, sagte Pia.

Doch Alex wollte nach Hause und nicht über den Tag sprechen, er wollte noch arbeiten, vor allem aber zur Ruhe kommen. Pia setzte ihn an seiner Wohnung ab. Alex küsste sie nicht auf die Wange, wie er es sonst gerne tat.

»Dann mach's gut, Alex«, sagte Pia und verzichtete auf das obligatorische »Bis bald«.

Sali und Pia aßen daheim Butterbrot, dazu aus Salis Rucksack die Gurkenscheiben, die hartgekochten Eier und Äpfel. Am Abend spielten sie Mühle, und Sali stopfte sich dabei ein Gummibärchen nach dem anderen in den Mund.

Herr Schalbier sagte den Klassenausflug ins Finsterloch ab. Nik Winter, ein Abiturient des aktuellen Jahrgangs, wurde vermisst. Seit drei Tagen war er verschwunden, war unauffindbar, war wie vom Erdboden verschluckt. Herr Schalbier informierte seine Schüler. Er versprach, zunächst nach einem anderen Ausflugsziel zu suchen, dann verschob er das Ganze auf eine Zeit, in der man Gewissheit über den Aufenthaltsort des Abiturienten habe. Er sagte, das verlange sein Taktgefühl gegenüber Niks Eltern. In der Zeitung stand *Im Finsterloch verschollen, Abiturient verschwindet bei Abiturausflug*.

Der Rektor des Gymnasiums bestand auf einer Richtigstellung der Tatsachen. Die Zeitung korrigierte ihren Artikel und schrieb, es habe sich nicht um einen von der Schule veranstalteten Ausflug gehandelt, sondern um eine

Eigeninitiative einiger Schüler nach bestandener Prüfung. Wilde Gerüchte kursierten. Einige, die Nik besonders gut kannten sagten, sie könnten verstehen, dass Nik abgehauen sei, dass ihn alles angekotzt habe, auch die Situation zu Hause. Wie diese war, konnte niemand so genau beschreiben, jedenfalls habe Nik öfter angedeutet, dass sein Alter ihn mal kreuzweise und für immer gernhaben könne.

Andere wollten beobachtet haben, dass sich Nik in letzter Zeit zurückgezogen habe, sehr still gewesen sei. Nik sei mit der Lernerei an den Rand gekommen, habe es übertrieben, habe ein Einser-Abitur schreiben wollen, sei aber nur auf 1,4 gelandet. Auf dem Abiball habe er ins Kräuterbeet gekotzt. Die Schüler redeten in der Pause über Nik. Dort machte es die Runde, dass Nik in Sofia Landmann aus der 10B verliebt sei, sie aber nichts von ihm wissen wolle. Viele drehten sich nach Sofia um, die mit drei Freundinnen bei der Getränketheke stand. Sofia bemerkte das. Sie zeigte ihren Mittelfinger und drehte sich weg. Ein bisschen seltsam sei Nik schon immer gewesen, hieß es plötzlich. In seiner Clique sei er ein Mitläufer gewesen, kein Wortführer. Man habe ihn gar nicht so richtig bemerkt. Sali und seine Mitschüler waren da anderer Meinung. Ihr Klassenpate habe ihnen geholfen, so gut er konnte, er habe sich für sie eingesetzt, er sei super gewesen, verteidigten die Fünftklässler ihren ehemaligen Beschützer. Viele fragten sich, ob Nik einen besten Freund an der Schule habe, der etwas wissen konnte, aber den gab es nicht.

Das fragte sich auch die Polizei. Sie vernahm die Abiturienten, die durchs Finsterloch gekrochen waren. Ein Ermittler befragte sie getrennt voneinander, und es gab ein Gruppengespräch. Die schockierten Freunde gaben sich kooperativ, versuchten sich zu erinnern. Sie quälten sich, gaben sich Mühe. Keiner von ihnen hatte bemerkt, dass Nik nicht mehr bei ihnen war. Nik war als Schlussmann gegangen, freiwillig hatte er sich dafür gemeldet. Steffen erinnerte sich. Ich gehe gern als Letzter, das macht mir überhaupt nichts aus, habe Nik zu ihm gesagt. Niks Vordermann Mats hatte eine Melodie im Ohr, Nik habe sie bis zum Nadelöhr gesummt, dann hatte er nicht mehr darauf geachtet. Er glaubte, Nik habe dann nicht mehr gesummt, war sich aber nicht ganz sicher.

»Er summte den Triumphmarsch aus Aida«, sagte Mats, »hat es denn keiner von euch gehört?«

»Nein«, sagten sie. Viola und Betti fingen an zu weinen.

Der Beamte schlug ein Spiel vor.

»Stellen Sie sich einfach hintereinander in der Reihenfolge auf, in der Sie in die Höhle gegangen, vor allem durch das Nadelöhr gekrochen sind.«

Und wie so oft erlebte er eine große Verunsicherung bei seinen Probanden. Nils wollte hinter Benni stehen, doch Steffen behauptete, er sei hinter Benni hergegangen, denn ganz genau erinnere er sich an Bennis Jacke. Die beiden Mädchen sagten, dass Frido zwischen ihnen gewesen war, was dieser bestritt. Sehr sicher war sich Robin, er hatte die Gruppe angeführt. Einig waren sich die Freunde, dass sie am Ausgang des Finsterlochs auf Nik gewartet hatten.

»Wir haben lang auf ihn gewartet, haben gerufen, immer und immer wieder, alle gemeinsam, wir waren ein starker Chor, er hätte uns hören müssen«, sagte Viola.

Die anderen bestätigten das. Betti erzählte:

»Drei ältere Höhlengänger, Männer, sind am Ausgang aufgetaucht. Wir fragten sie nach Nik, aber sie hatten niemand in der Höhle bemerkt. Also gingen wir nach einer halben Stunde zurück, den ganzen Weg noch einmal. Das war schwierig, denn die Höhle gilt als Einbahnstraße, der Enge wegen. Ein paar Leute meckerten, weil sie vor dem Nadelöhr warten mussten, aber sie hatten Verständnis, als wir ihnen unser Problem erklärten. Gesehen hatten sie niemand, nicht in der Höhle, nicht außerhalb. Und dann sind wir alle auf die Suche nach Nik gegangen, wir haben uns über den ganzen Berg verteilt und die Polizei verständigt.«

»Sie dachten, es könnte ihrem Freund etwas passiert sein?«

»Ja klar, wir hatten uns geschworen beieinander zu bleiben, was sollten wir also denken.«

Sali dachte nach. Wie konnte es sein, dass Nik verschwunden war, obwohl er ihm beim Joggen auf dem Rotenstein begegnet war. Springlebendig war er an Sali vorbeigerannt, in bester Verfassung und mühelos. Er erzählte niemand von seiner Begegnung, wollte Nik nicht verraten, der sicher gute Gründe hatte, sich eine Weile zu verstecken. Manchmal muss man etwas tun, was andere nicht verstehen, wenn es dem eigenen Wohlbefinden dient, hatte ihm sein Opa eingeschärft. Du kannst nicht ein Leben lang nach den Vorstellungen anderer leben. Ein Merksatz unter vielen, die Pias Vater seinem Enkel ins Herz geschrieben hatte.

Sali schwieg. Als in der Stadt an Bäumen, Schaufenstern und Hauswänden Plakate mit Niks Portrait auftauchten und in der Regionalzeitung über die ergebnislose Suche nach Nik Winter berichtet wurde, sagte Sali zu seinem Opa:

»Ich weiß, dass Nik lebt. Ich weiß aber nicht wo, aber auf dem Rotenstein ist er an mir vorbeigerannt.«

Sie spielten Schach. Endlich hatte der Opa seinem Enkel die Grundzüge des Spiels erklärt. Er hatte seine alten Figuren auf das Brett gestellt und in Sali eine Leidenschaft für die Winkelzüge auf den schwarz-weißen Feldern entfacht, die ihn fast ängstigte. Was geht nur in dem Jungen vor, dachte er, das ist doch nicht normal in seinem Alter, diese Spielsucht, dieses besser sein wollen als andere. Er dachte an Salis grenzenlose Enttäuschung, das Finsterloch nicht erobert zu haben. Tagelang hatte er mit den Gegebenheiten dieses Sonntags gehadert, geredet, als habe man ihm einen üblen Streich gespielt, als hätten sich alle an diesem Tag gegen ihn verschworen, die blöden Abiturienten, der lahme Alex, seine ängstliche Mutter, die Polizei, ja, besonders diese.

»Die Polizei hat mir nicht erlaubt, deinen Rekord zu brechen, obwohl es ein Leichtes für sie gewesen wäre, mich kurz in die Höhle gehen zu lassen.«

»Sali«, sagte der Opa, »die Polizei hat ihre Vorschriften. Sie musste so handeln, du hast einfach nur Pech gehabt an diesem Tag, nichts weiter.«

»Ich weiß, dass er lebt«, wiederholte Sali, und sein Opa ließ die schwarze Dame auf das Spielbrett fallen. Einige Bauern und ein Pferd fielen um.

»Sali, was redest du da, was weißt du. Hör zu, wenn du den Jungen gesehen hast, musst du das melden.«

Er sah Sali eindringlich an.

»Hast du mich verstanden, du musst es melden, sofort musst du es tun, um Gottes Willen, Kind, schon längst hättest du das sagen müssen. War dir das nicht klar?«

Sali stellte die schwarze Dame wieder auf, die Bauern, das Pferd. Er sagte:

»Ich dachte, Nik würde gerne mal nach seinen eigenen Vorstellungen leben und nicht nach denen der anderen. In der Schule behaupteten sie, Nik sei ein Mitläufer, jetzt ist er mal alleine losgerannt.«

Pia begleitete ihren Sohn.

»Ich gehe mit Sali. Ich war mit ihm auf dem Berg, wir machen das zusammen«, sagte sie zu ihrem Vater. Nach dessen Anruf in der Fachakademie hatte sie die Polizei verständigt und um ein Gespräch gebeten. Zwei Stunden später saßen Sali und Pia im Revier.

»Du hast Nik Winter also gesehen«, fragte der Beamte schon zum dritten Mal.

»Ja«, sagte Sali, »er ist direkt an mir vorbeigerannt, er hat mich nicht beachtet, obwohl er mein Klassenpate war.«

»Dein Klassenpate?«

Sali erklärte dem Polizisten ausführlich, was ein Klassenpate ist. Er wunderte sich über dessen Wissenslücke. Der Beamte gab das in seinen Computer ein. Alles was Sali sagte, gab er ein, er ließ sich Zeit, hing mit der Nase dicht vor dem Bildschirm. Sali fand das interessant.

»Und du bist dir ganz sicher, dass es Nik Winter war?«

»Bin ich«, sagte Sali nachsichtig.

Der Polizist schien nicht besonders fähig zu sein. Vielleicht war er schwerhörig, vielleicht war er übermüdet, vielleicht war er überhaupt ein bisschen schwach von

Begriff. Er machte lange Denkpausen, rieb sich das Kinn.

Sali sprach jetzt betont langsam und deutlich.

»Ich traf ihn an einer Wegkreuzung, der ersten vom Parkplatz Wildheide aus. Da hing eine kleine Tafel am Stamm einer großen Buche. Auf der Tafel zeigte ein Pfeil Richtung Ostfelsen, darunter stand Zum Ostfelsen. Die Tafel hat Nik aber nicht beachtet. Er kannte wohl den Weg. Er achtete nur auf sich selbst. Das muss man manchmal tun, das ist wichtig, wissen Sie.«

Der Polizist sah Sali verständnislos an. Was redete dieser Knirps?

»Kannst du mir ungefähr sagen, um welche Zeit diese Begegnung stattgefunden haben soll, so in etwa?«

»Das war exakt um dreizehn Uhr zweiunddreißig.«

Sali klopfte auf seine Armbanduhr.

»Die geht auf Funk.«

Der Polizist schrieb:

»Letzte vermutliche Sichtung des Vermissten Nikolas Winter um dreizehn Uhr zweiunddreißig durch Sali Baum, der von seiner Mutter begleitet wird. Der Zeuge ist zehn Jahre alt.«

»Du gibst an, allein gewesen zu sein, ohne deine Mutter?«

Der Beamte schien jetzt von Pia eine Antwort zu erwarten. Er sah sie vorwurfsvoll an.

»Sali ist vorausgelaufen. Ich erlaubte ihm das, vor der Höhle wollten wir uns treffen.«

»Hm, schade, vier Augen wären hier besser als zwei, der Zeuge ist sehr jung.«

Der Polizist schüttelte den Kopf, zog Salis Aussage aus dem Drucker.

»Der Zeuge ist minderjährig, in dem Fall unterschreibt die Erziehungsberechtigte.«

Pia unterschrieb.

»Mein Sohn ist noch sehr jung, groß ist er auch nicht. Aber er weiß, was er sieht und was er redet.«

Sali sah den Polizisten mit leuchtenden Sternaugen an. Irgendein Teilchen schien jetzt aus dessen Vorschriftenkomplex zu purzeln.

»Na Junge, dann unterschreib mal hier unter deiner Mutter, ich sag mal, zwei Unterschriften sind besser als eine«.

Und Sali unterschrieb.

Einen Tag später durchsuchten zwei Polizisten den unwegsamen Abhang am Fuß des Ostfelsens. In dieses verwilderte Gelände waren sie bislang noch nicht vorgedrungen. Die Bergregion war groß, und Einsatzkräfte waren rar. Auch Wanderer vermieden es, sich diesem Ort zu nähern, denn niemand ließ sich gerne von den scharfen Dornen einer mächtigen Wildrosenhecke die Kleider zerreißen.

Am Nachmittag dieses Tages fanden die Polizisten Nik. Er lag im dichten Gestrüpp nah an der Felswand. Er lag auf dem Rücken, hatte Mund und Augen weit geöffnet, als staune er. Er sah aus wie einer, dem im Fallen ein großes Glück widerfahren war.

Sali wuchs in den folgenden Jahren zu einem erstaunlich großen Jungen heran und holte seine Mitschüler in Körpergröße und Schulleistung wie im Fluge ein. Sein Opa hatte das schon immer gewusst.

Der Kinderarzt hatte sich mit seiner Prognose geirrt.
Das kommt vor.

Salis Vater hatte seinem Sohn zwar keine Liebe geschenkt, ihn aber immerhin mit einer respektablen Größe versorgt. Pia war glücklich, als sie eines Tages zu ihrem Kleinen aufschauen konnte.

Das Finsterloch hat Sali nie betreten, seinen Rekord
von zwanzig Minuten Durchlaufzeit nicht verwirklicht.
Als er Jahre später vor der Höhle stand, war sie mit einem
schweren Eisengitter verschlossen. Eine Hinweistafel informierte, dass die Höhle wegen nächtlicher Gelage und
Vandalismus und zum Schutz zahlreicher Fledermäuse
auf Dauer geschlossen sei.

PLASSA HANS

Meine Mutter war seit zwei Tagen verwitwet. Gemeinsam planten wir die Beerdigung meines Vaters. Eine Bestatterin beriet uns sorgfältig, erledigte einfühlsam alle dafür notwendigen Schritte. Meine Mutter wünschte eine traditionelle Grablege, keine Einäscherung, kein Urnenbegräbnis.

»Mein Mann will unbeschadet in die Erde«, sagte sie zu der Dame im dunkelgrauen Hosenanzug. Die Bestatterin warf mir einen kurzen Blick zu. Die Bemerkung meiner Mutter machte sie etwas ratlos, sie musste nachdenken.

Sie sagte: »Selbstverständlich sorgen wir für einen achtsamen, würdevollen Umgang mit dem Verstorbenen, wenn es das ist, was Sie meinen.«

Am Tag nach dem Begräbnis sagte meine Mutter: »Ada, noch nie wusste ich es so genau wie heute.« Sie stockte, sprach nicht weiter.

»Was meinst du jetzt«, fragte ich arglos.

Der unheilvolle Unterton in ihrer Ansage war mir allerdings nicht entgangen. Die Stimme meiner Mutter zitterte als sie es zu Ende brachte.

»Ada, das klingt für dich vielleicht nicht nachvollzieh-
bar, aber ich weiß es jetzt genau, es wäre besser gewesen,
ich hätte den Plassa Hans genommen, damals, du weißt
schon, den Plassa Hans aus unserer Straße.«

Wir tranken Tee und aßen Himbeerschnitte, und ich
hatte nicht erwartet, dass sie so etwas sagen würde, jetzt,
kaum dass wir meinen Vater beerdigt hatten. Ich fand
das ungehörig, eigentlich schockierend. Ich dachte, ich
höre nicht recht, ich sagte:

»Wie meinst du das?«

»Wie ich es sage. Ich hätte damals den Plassa Hans
heiraten sollen statt deines Vaters.«

Meine Mutter unterstrich ihr Bekenntnis mit viel-
deutigem Kopfnicken, als verriete sie ein lang gehütetes
dunkles Geheimnis.

»Ja, mein Mädchen«, sagte sie, »das Leben, das Leben,
du wirst es auch noch kennenlernen.«

Ich drückte auf die Rahmspraydose, türmte achtlos
eine Sahnewolke auf meinen Kuchen, viel zu viel Sahne.
Ich dachte an die Trauer meiner Mutter, an ihre Tränen
beim Anblick des offenen Grabes, beim Absenken des
Sarges in die Grube, beim dumpfen Aufschlag der Erde,
welche die Trauergäste mit einer kleinen Schaufel auf
den tiefliegenden Eichensarg warfen.

Ich hatte geglaubt, der Abschied vom Ehemann habe
ihr fast das Herz gebrochen, die Tränen am Grab hätten
ihm gegolten. So hatte es ausgesehen. So sah es aus, für
mich, für alle anderen. Und nun das.

»Mama«, sagte ich, »wenn das wahr ist, wieso fällt es
dir gerade jetzt ein. Vor vierzig Jahren hättest du es wissen

müssen, noch vor der Hochzeit, notfalls danach, da wäre noch etwas zu machen gewesen, auch zu deiner Zeit.«

»Das ist mir ja klar geworden, schon bald nach der Hochzeit, aber da war es einfach zu spät.«

»Wieso zu spät? Man kann immer etwas ändern, wenn man sich getäuscht hat. Eine Hochzeit ist keine Falltür, die zuschnappt. Auch nach der amtlichen Besiegelung hat man Rechte. Du hättest erklären können, dass die Hochzeitsnacht ein traumatisches Erlebnis für dich gewesen sei, auf Grund dessen du dich entschlossen hättest, ins Kloster zu gehen, jawohl, am besten in ein Kloster. Oder noch besser, du hättest von einer überraschenden Berufung zum Leben einer Nonne in Armut und Keuschheit sprechen können, sowas trifft einen gern aus heiterem Himmel, lässt sich nicht nachprüfen, da hätte dir niemand widersprechen können, davor hätte man gewaltigen Respekt gehabt. Also Möglichkeiten gibt es viele, um aus einer Sache wieder rauszukommen.«

»Ach, vergiss es«, sagte meine Mutter beleidigt und strich eine Falte aus ihrem Rock, zog ihn mit beiden Händen energisch über ihre Knie.

Ich witzelte: »Immerhin, hättest du den Plassa Hans genommen, dann besäßen wir heute die Schweizer Staatsbürgerschaft und lebten in Zürich und sicher nicht schlecht.«

Meine Mutter sagte: »Nicht deswegen«, und dann sagte sie lange überhaupt nichts mehr.

Ich kannte die Geschichte vom Plassa Hans. Als ich sechzehn geworden war, hatte sie zum ersten Mal über ihn gesprochen, über diesen Kindergartenschürzenjäger. Ein kleiner Dicker sei er gewesen, ein lästiges Kussmaul dazu, habe seinen verschmierten Mund auf ihre Wangen gedrückt. Verschwitzt sei er gewesen und habe in der Nase gebohrt. Ständig habe er sie verfolgt, habe neben ihr sitzen, ihr die Schuhe binden wollen. Bei Spaziergängen habe er ihre Hand gehalten, ihr kleines Täschlein getragen. Die Kindergartentanten hatten ihn für seine Fürsorge auch noch gelobt, weil sie nicht sahen, was geschah, es nicht ernst nahmen. Er war ein Plaggeist, eine Klette, der meine kleine bezopfte Mama unerbittlich bedrängt hatte. Als die Not meiner Mutter unübersehbar geworden war, hatte eine der Tanten den lästigen Verehrer ermahnt, die kleine Marie in Ruhe zu lassen, auch mal mit anderen Kindern zu spielen.

»Mädchen mögen keine aufdringlichen Jungen und Frauen keine aufdringlichen Männer«, hatte sie zukunftsweisend gesagt.

»Und, hat die Mahnung der Kindergärtnerin etwas bewirkt«, hatte ich wissen wollen.

Meine Mutter hatte geseufzt.

»Ach, was denkst du denn, der Plassa Hans hat nichts verstanden. Gelacht hat er und ist wie immer an meiner Hand nach Hause gegangen. Wir wohnten ja in derselben Straße. Die Plassas waren unsere direkten Nachbarn gewesen. Und unsere Mütter hatten sich in Sorge um ihre Kinder am Gartenzaun zusammengetan, hatten uns ermahnt, gemeinsam nach Hause zu gehen und aufeinander Acht zu geben.«

Unglücklicherweise waren die beiden Kinder gleichzeitig eingeschult worden, dabei in derselben Klasse gelandet, und nur die strenge Regelung der Sitzordnung in Jungen- und Mädchenbankreihen bewahrte meine

Mutter vor dem Dauerkontakt ihres unermüdlich werbenden Verehrers.

Im Lauf der Schulzeit wurden die kurzen Arme des Plassa Hans länger, seine Beine auch, und er hielt einen größeren Abstand zu meiner Mutter. Er wurde Mitglied einer auffällig im Schulhof lärmenden Jungenclique. Lautstark lamentierten sie über ungerechte Lehrer, ungerechte Noten und das Unverständnis der Erwachsenen, prangerten an, dass niemand sie verstünde, und sie sich daher zusammenschließen müssten, gegen alles möglich kämpfen wollten, und dass ihr Bündnis eine Satzung benötige. Meine Mutter interessierte sich in keiner Weise für diese Gruppe. Sie war erleichtert, dass der Hans Anschluss gefunden hatte und sein Interesse an ihr zu schwinden schien.

Ab und zu tauchte er auf dem Heimweg plötzlich neben meiner Mutter auf, schenkte ihr eine Muschel, ein Lesezeichen, Karamellbonbons. Sie wagte nicht die Geschenke abzuweisen, schob sie in ihre Schulmappe und versteckte sie daheim in ihrer Wäschekommode zwischen ihren Unterhosen.

Mein Großvater schickte sie auf eine Handelsschule, sie sollte im elterlichen Druckereibetrieb die Buchführung besorgen. Meiner Mutter war es recht. Andere Unterrichtszeiten, ein anderer Schulweg, neue Freundinnen verhinderten endgültig die beabsichtigten oder zufälligen Begegnungen mit dem Hans. Dieser verschwand zudem auf Jahre in der Werkstatt eines Goldschmieds in Zürich, begann dort eine Lehre, schaffte die Gesellenprüfung. Die Mütter der beiden tauschten sich regelmäßig am Gartenzaun aus. Frau Plassa lobte ihren tüchtigen

Hans, meine Großmutter ihre kluge Marie. Soweit war mir die Geschichte bekannt, das Ende erfuhr ich jetzt.

»Mama, wie kam es eigentlich zu deiner rätselhaften Fehlentscheidung, wie du sie heute nennst, ist da womöglich etwas passiert?«

Sie häufelte mit der Kuchengabel die Krümelreste ihrer Himbeerschnitte in die Tellermitte, schob sie wieder auseinander.

Sie sagte: »Mein Gott, ich hätte es damals sehen müssen. Die beiden Frauen standen ja stundenlang am Zaun. Was da hin und her geredet wurde! Da ging es nicht nur ums Essen oder Marmelade kochen, da ging es ums Ganze, um den Hans und mich, da wurde etwas zusammengestrickt, was von selbst nicht hatte werden wollen. Am Ende stand der Hans bei meinen Eltern im Wohnzimmer mit Blumen und bat um meine Hand. Ob er mich schon gefragt habe, hatte mein Vater wissen wollen. Nein, das habe er nicht getan, hatte der Hans gesagt, er habe sich zuerst des Einverständnisses der Eltern versichern wollen. Man würde mich fragen, hatten meine Eltern versprochen, mehr nicht, und die Antwort würde ich selbst überbringen. Vor Wut geheult habe ich über diesen heimtückischen Weg, den der Hans genommen hatte, ohne mich zu fragen. Entehrt habe ich mich gefühlt, wie nach einer gescheiterten Entführung, zu der man mich gegen meinen Willen genötigt hatte. Sich hinter meinem Rücken bei meinen Eltern einzuschleichen als frischgebackener Goldschmiedegeselle, mit einem Blumenstrauß für seine hoffentlich baldige Schwiegermutter, habe ich als einen persönlichen Verrat der schlimmsten Sorte empfunden. Schon deswegen habe ich den Antrag abgelehnt.«

Ich sagte: »Und wenn er dich selbst gefragt hätte, hättest du dann angenommen?«

»Ada«, sagte meine Mutter, »was denkst du denn. Wie hätte ich einen Mann heiraten können, der mir eine Kindheit lang auf die Nerven gegangen war. Außerdem hatte mich dein Vater damals schon im Auge. Dein Vater, einen Kopf größer als der Hans, spielte Klavier, schrieb mir Gedichte, lud mich ins Café ein, fragte mich ohne Umschweife, ob ich seine Frau werden wolle. Da sagte ich ja und das wars.«

»Ich versteh jetzt aber nicht, warum du dich nach so vielen Jahren plötzlich nach dem unausstehlichen Hans sehnst, der dir derart auf die Nerven gegangen ist, ehrlich, das begreif ich einfach nicht.«

»Ich sehne mich nicht plötzlich nach ihm, da war immer etwas, was ich nicht verstehen konnte zwischen dem Hans und mir, ich kann nicht sagen, was es war, aber es war eben da.«

Ich sagte: »Aha.«

»Es ist nie weggegangen, es ist nie verschwunden.«

Meine Mutter seufzte.

»Und was wurde aus dem Plassa Hans, hat er sich mit einer anderen getröstet?«, wollte ich wissen.

»Er hat schließlich seine Meisterprüfung gemacht, beim besten Juwelier in Zürich, wie Frau Plassa betonte. Meiner Mutter war dieses Gespräch peinlich gewesen. Für meine Absage hatte sie sich vor Frau Plassa geschämt. Außerdem bedauerte sie sehr, dass ich den Hans hatte abblitzen lassen, gerne hätte sie ihn als Schwiegersohn in die Arme geschlossen, man hätte eben gewusst, wen man in die Familie aufnimmt. Danach waren sich die

beiden Frauen aus dem Weg gegangen. Der Gartenzaun trennte sie nun. Man grüßte sich noch, knapp und
kühl. Bald darauf wurde meine Hochzeit mit unüberseh-
barem Pomp gefeiert. Eine Blaskapelle holte mich mit
Hochzeitsmarsch an der Gartentür ab, dein Vater vorne-
weg, sehr fesch, in Frack und Streifenhose und mit dem
Brautstrauß in der Hand. Blumenkinder standen Spalier
und streuten Rosenblüten auf unseren Weg. Nachbarn
übergaben Geschenke. Plassas standen hinter den Gar-
dinen und sahen zu. Na ja, und du weißt ja, einige Jahre
später verkauften meine Eltern das Haus und zogen in
eine Etagenwohnung am Rand der Stadt.«

Am Tag nach dem verstörenden Geständnis meiner
Mutter verschwand sie für einige Zeit in ihrem Schlafzimmer, in welchem mein Vater überraschend an einem
Herzstillstand gestorben war. Ich hörte sie auf und abge-
hen, Schranktüren öffnen und schließen, seufzen, husten, einmal lachte sie, und dann summte sie die Marseillaise. Wieso gerade die Marseillaise? Einmal tat es einen
ordentlichen Rums, ich dachte, o Gott, was war denn das,
ist sie womöglich gestürzt, war der Kleiderschrank nach
vorn gekippt, liegt sie unter ihm begraben, unter ihrer
Garderobe verschüttet, unfähig zu rufen. Aber rasch
summte sie wieder marchons, marchons, und ich atmete
auf. Dazwischen war es ruhig, sehr lange. Ich wollte sie
nicht stören, horchte manchmal an der Schlafzimmertür.
Was treibt sie nur da drin, fragte ich mich. Dieses Rumoren, dieses seltsame Singen, auch zeitweise Schimpfen.
Ich verstand nichts. Wechselte sie die Bettwäsche des
Ehebetts? Bis jetzt hatte sie es nicht getan, hatte das

Kopfkissen, auf dem mein Vater verstorben war lediglich aufgeschüttelt, das Laken glattgestrichen. Ich betrat das Zimmer nicht.

Nach etwa drei Stunden stand sie plötzlich in der Küche. Ich trank Kaffee und korrigierte ein Manuskript für meinen Verlag, der mich als Lektorin beschäftigte. Sie setzte sich zu mir an den Küchentisch, sagte:

»Ada, die Kleider deines Vaters liegen jetzt alle auf seinem Bett, du kannst sie heute noch zum Müllplatz fahren.«

Sie stand wieder auf, holte sich eine Tasse aus dem Schrank und goss sich aus der Thermoskanne Kaffee ein. Sie trank ihn schwarz, sah mich an.

»Wie wär's mit einem Klaren?«

Ich sagte: »Mitten am Tag?«, und meine Mutter sagte: »Warum nicht.«

Wir tranken, und noch einen, und ich sagte:

»Mama, ich schaff das heute nicht mehr, das mit den Klamotten, erstens der Schnaps, und mein Verlag wartet, ich muss noch etwas tun.«

»Na, dann halt morgen«, sagte meine Mutter und goss sich nach.

Die Kleider meines Vaters füllten den ganzen Kofferraum meines Autos. Die Heckklappe ließ sich nur noch mit einem kräftigen Druck schließen. Mein Vater hatte selten ein Kleidungsstück weggeworfen, hatte neue gekauft und alte behalten, zum Ärger meiner Mutter, die das nicht verstehen konnte. Ich fuhr also mit zwanzig Paar Schuhen, sechs schweren Wintermänteln, vier leichten Trenchcoats, fünf Daunenjacken, acht Anzügen,

Einzelsakkos nicht mitgerechnet, Pullover, Pullunder und Hemden gestapelt, Leibwäsche zuhauf und einer stattlichen Auswahl an Sportkleidung auf die städtische Wertstoffsammelstelle.

Ich fuhr in einen weitläufigen ehemaligen Fabrikhof. Ein älterer Mann in einem grauen Overall wies mir einen Parkplatz zu. Ich stieg aus, öffnete den Kofferraum. Ich überlegte, wie ich die Kleider zu den Containern bringen könnte und sah mich um. In einem Areal schräg gegenüber entdeckte ich Handwagen, den Einkaufswagen im Supermarkt ähnelnd, die Körbe aber breiter und tiefer liegend. Ich schnappte mir einen der Wagen, rollte ihn zu meinem Auto und wurde dort freundlich erwartet. Vor der hochgestellten Heckklappe standen ein Mann und zwei Frauen. Die Frauen trugen Kopftuch und lange dunkelblaue Mäntel, der Mann Vollbart. Ein rundes Käppchen auf seinem glattrasierten Kopf ließ mich an eine Käseschachtel denken. Die Frauen lachten verschämt, der Mann sagte:

»Du wegwerfen schöne Kleider, warum, nicht gut?«

Das klang vorwurfsvoll und brachte mich in Stellung. Was ging es diese Leute an, was ich mit den Kleidern meines Vaters tat, und überhaupt, was hatten die Drei bei meinem Auto zu suchen. Trotzdem glaubte ich, dem Mann verständlich antworten zu müssen, schließlich hatte er nur eine Frage gestellt und mich nicht bedroht. Also sagte ich:

»Papa tot, muss alles weg.«

Vielleicht hätte ich das anders formulieren sollen. Als Lektorin achtete ich normalerweise auf einen einwandfreien Satzbau. Die beiden Frauen kamen auf mich zu.

Jede ergriff eine meiner Hände und drückte sie mitfühlend, tätschelte, streichelte sie. Sie sagten:

»Armes Kind, armes, armes Kind, gute Frau, Kind von Papa«, und es klang wie ein Sprechgesang, sie wiederholten ihn mehrmals, ließen dabei meine Hände nicht los.

Ich sah zur Seite, die eindringliche Beileidsbekundung war mir peinlich. Ein paar Leute waren bereits aufmerksam stehen geblieben, zum Glück gingen sie weiter und ich sagte:

»Schon gut jetzt und danke für Mitleid, aber ich muss hier mal loslegen, ich habe wenig Zeit.«

Ich entzog ihnen meine Hände, doch nun streichelten sie meine Arme und gaben nicht auf. In einer energischen Drehung entwand ich mich ihrem handgreiflichen Mitgefühl und verschaffte mir Platz vor dem Kofferraum. Ich packte den ersten der Wintermäntel, schwere Wollqualität vom Feinsten, und legte ihn in den Handwagen. Der Mann jammerte:

»Nein, nein, bitte nein, gute Kleid nicht kaputt, nicht machen kaputt, nicht werfe weg, schade, schade, schade«, und er heulte so laut um die Kleider meines Vaters, dass ich den Mantel aus dem Drahtkorb nahm und ihn in seine Arme warf.

Mittlerweile hatten sich noch andere Interessenten an meinem Kofferraum eingefunden. Man war jetzt unter sich, man schien sich zu kennen, und ich trat einen Schritt zurück, später noch weitere. Ich ließ die Leute gewähren, sah zu, wie sich mein Auto in einen mobilen Marktstand verwandelte, an dem gewühlt, probiert und verglichen wurde. Zwei Männer schoben Handwagen zum Auto. Nun wurde die Kleidung ausgelegt wie in einem Basar. Die Frauen prüften, nahmen sich, was ihnen gefiel und verstauten es in weiträumigen Taschen. Die Männer standen dabei, bekamen von den Frauen Wintermäntel und Daunenjacken in die Arme gedrückt. Als sie nicht mehr aufnahmefähig waren, gingen sie zu ihren Autos und legten dort erst einmal ab.

Sie kamen wieder. Sie kamen mit Thermoskannen und Plastikbechern, mit einem großen Korb Gebäck und winzigen Klappstühlchen. Sie baten mich Platz zu nehmen, setzten sich selbst, die Frauen standen und gossen Tee in die Becher. Der Tee war sehr süß, sehr gut, sehr heiß. Die Becher steckten in Körbchen aus Peddigrohr, zum Schutz der Hände. Sie drängten mich, das Gebäck zu verkosten. Ich tat ihnen den Gefallen und die Augen aller waren auf mich gerichtet, als ich in einen fettglänzenden Kringel biss. Sie hielten den Atem an, ich nickte beifällig in die Runde, sagte mit vollem Mund »Gut, gut, sehr gut« und löste damit Begeisterung bei den Männern und zufriedenes Lachen bei den Frauen aus. Sie klopften mir auf die Schulter, baten mich zuzugreifen. Sie nötigten mir eine Blätterteigstange mit Zuckerstreusel auf und sahen zu wie ich aß. Kaum hatte ich das Gebäck verzehrt, drückten sie mir einen gezwirbelten Halbmond mit Schokoguss in die Hand. Eine ältere Frau gestikulierte, als wäre ich gehörlos, öffnete ihren Mund und stocherte mit ihrem Zeigefinger in das dunkle Loch hinter ihren blutleeren Lippen. »Essen, essen« riefen die anderen, und ich folgte ihrer Anweisung wie ein fünfjähriges Kind. Während ich kaute, legten sie eine kleine Auswahl sämtlicher Varianten ihrer Backkunst sorgsam in eine große Plastiktüte. Sie berieten sich kurz, sie nickten sich zu, sie hatten sich, ich sah es mit Bangen, spontan dazu entschlossen, den Korb zu leeren und den gesamten Teilchenvorrat in die Tüte zu kippen. Ich ahnte Unausweichliches, befürchtete es und irrte mich nicht. Die Älteste unter ihnen, eine Frau ganz in Schwarz, das Kopftuch tief in die Stirn gezogen, überreichte mir das Geschenk mit einer Verbeugung.

»Für gute Sach«, sagte sie und noch einmal, »danke für gute Sach.«

Ich hielt meine fettglänzenden Hände hoch und sagte:

»Macht was ihr wollt, nehmt alles mit, nehmt einfach alles mit.«

Die Frauen verstanden mich sehr gut, denn was ich ihnen erlaubte, hatten sie sowieso vorgehabt. Die Frau in Schwarz stieß einen kurzen Trillerton aus, das Zeichen zur vollständigen Räumung meines Kofferraums. Das passierte in wenigen Minuten. Der Transfer der Kleidung meines Vaters zu den Autos der Leute geschah in Windeseile. Die Klappstühlchen wurden eingesammelt, die Plastikbecher im mittlerweile leeren Gebäckkorb verstaut, drei Frauen trugen ihre Teekannen auf dem Arm als trügen sie schlafende Babys. Sie stiegen in ihre Autos, winkten und fuhren in einem Konvoi von vier Wagen gemächlich davon.

Ich schloss den Kofferraum und setzte mich hinter das Steuer, stellte die prall gefüllte Tüte auf den Beifahrersitz. Ich lehnte mich zurück, legte den Kopf an die Stütze und schloss die Augen. In meiner Speiseröhre brodelte es gefährlich. Zum Glück hatte ich meinen Ausputzer im Handschuhfach, eine kleine Flasche Cola. Ich trank einen Schluck, ich dachte nach. Ich überlegte, was mit der

Gebäckmischung geschehen sollte. Sie nach Hause mit-
zunehmen wäre fahrlässig gewesen. Meiner Mutter wäre
es schon nach dem Verzehr eines einzigen Kringels übel
geworden. Ihre Leber war nicht in bester Verfassung, sie
achtete auf fettarme Kost, aß Kuchen nur mit Obstbe-
lag auf Wasserbiskuit. Das Sahnespray überließ sie mir.
Ganz abgesehen von dieser geballten Ladung übersüßer
Teilchen, die wie eine Bedrohung in diesem aufgeschwol-
lenen Plastiksack neben mir lauerten und den Geruch
kalter Fritten verströmten, bereiteten mir die eben ver-
zehrten bereits Magendrücken. Ich musste eine Lösung
für die Entsorgung der Kalorienbombe finden, die sich
wie ein ungebetener Gast in den Nebensitz kuschelte. Ich
musste sie loswerden. Ich sagte: »Fettsack« und fuhr los.

Ich fuhr Richtung Stadtrand, zum Skateboard-Gelän-
de hinter dem städtischen Freibad, das in einem groß-
zügig bemessenen Areal für Jugendliche eingerichtet
worden war. Zwei Jungen rollten mit akrobatischem
Schwung auf mich zu, als ich mit meiner Tüte die Be-
tonbahn betrat. Fußvolk lebe hier gefährlich, warnten sie
mich, sie könnten in diesem Bereich für nichts garantie-
ren, nichts für mich tun, ich solle bitte zur Aussichtster-
rasse gehen, wenn ich zusehen wolle.

»Hört mal«, sagte ich, »ich komme soeben von einer
türkischen Hochzeit und wurde mit Zuckergebäck über-
häuft. Was ist, könnt ihr die Ware gebrauchen, ich weiß
nicht, wie ich das Angebot essen soll.«

Die Jungen rollten auf ihren Brettern hin und her,
sprangen hoch, landeten wieder punktgenau auf ihnen
und dicht vor der Tüte, die ich bereits zur Begutachtung
auf den Boden gestellt hatte.

»Da können wir gerne behilflich sein, kein Problem.«

Sie drehten einige Schleifen um den weit geöffneten Sack, griffen sich wie Möwen im Vorbeiflug einen Halbmond, einen Kringel, stopften sich gierig das Gebäck in den Mund, ohne ihre Kreiselfahrt zu unterbrechen. Dann kippten die Jungen wie auf Kommando ihre Bretter zu Boden und standen still.

»Ehrlich«, sagte der Kleinere der beiden, »Sie stoßen die Ware ab, ohne Scheiß?«

Ich sagte: »Ja natürlich, deshalb bin ich hier. Ich bin froh, wenn ich Abnehmer dafür finde.«

»Na, wenn das so ist«, sagte der Größere der Skateboard-Künstler, »dann erst Mal vielen Dank für den Kaloriennachschub, die Gemeinde weiß es zu schätzen.«

Er packte die Tüte und rollte davon, sein Kollege schlitterte hinterher.

Ich fuhr mit leerem Kofferraum und ohne Zuckerballast in die Südstadt zum Haus meiner Mutter. Ihre Eigentumswohnung befand sich im Erdgeschoß eines Dreifamilienhauses. Schon beim Einparken an der Straße sah ich, dass in allen Räumen der Vierzimmerwohnung die Deckenlampen brannten, obwohl es noch hell und die Tage lang waren. Was ging da gerade vor sich? Ich fand meine Mutter im Schlafzimmer. Sie saß im Schaukelstuhl vor dem Fenster und trank Campari Soda. Sie trank ihn mit Knickstrohhalm und hatte die Füße auf ihrem Polsterschemel abgelegt. Woher kam dieser blütengemusterte hochglänzende Kimono, den sie wie eine Hollywooddiva in einer Pause zwischen ihren Auftritten trug? Eine Pause schien sich meine Mutter allerdings verdient zu haben. In wilder Entschlossenheit war es ihr gelungen,

sämtliche Spuren meines Vaters im Handstreich zu be-
seitigen. Die Seite des Doppelbettes, auf der mein Vater
liegend die Hälfte seines Ehelebens verbracht, geschlafen,
geträumt hatte und verstorben war, hatte meine Mutter
in meiner Abwesenheit abgeräumt. Seine Daunendecke
und das Kopfkissen steckten in einem großen blauen
Plastiksack für Sondermüll, den sie mit einem Klebe-
band verschlossen hatte. Auf der leeren Matratze lag eine
weinrote Tagesdecke aus weichem Samt und verschieden
geblümte Sofakissen, in deren Kuhlen Stofftiere ruhten.
Ein abgeschabter Teddy, ein flachgeliebtes Schaf mit ein-
geschrumpfter Füllung, das einen hinfälligen Eindruck
machte und ein kleiner Löwe mit drei Beinen, hatten es
sich in den Kissen bequem gemacht. Ja, und ihre sehr
kostbare, sehr große Schildkrötpuppe, im ausgebleichten
Matrosenkleid, lehnte mit abgespreizten Beinen in auf-
rechter Haltung am hohen Kopfteil des Bettes, als habe sie
nun endlich den ihr längst zustehenden Platz erobert. Als
Kind hatte ich diese Puppe verehrt und begehrt, hätte sie
gerne aus ihrem stets verschlossenen Schrank entführt,
um mit ihr in einem geheimen Versteck für immer zu
verschwinden. Babetta hieß die Puppe. Manchmal durfte
ich Babetta unter Aufsicht meiner Mutter für wenige Minuten in den Armen halten. Ich küsste ihre kühlen dicken
Bäckchen, betastete ihre kleinen starren Finger, und meine Mutter sagte: »Vorsicht, Vorsicht.«
Ihre Fernsehzeitschrift, das Frauenmagazin Sabrina,
eine Hochglanzbroschüre vom luxuriösen Wohnen und
ein Versandkatalog für Unterwäsche lagen fächerartig
angeordnet auf der neu gestalteten Fläche. Das gerahm-
te Hochzeitsfoto meiner Eltern, das einen Ehrenplatz auf

der Wäschekommode innehatte, war verschwunden.

Ich starrte meine Mutter an. »Sag mal Mama, was…«, weiter kam ich nicht, denn meine Mutter schnitt mir das Wort ab.

»Sag bitte nichts, sag jetzt einfach gar nichts«, beschwor sie mich und stellte ihr Campari-Glas aufs Fensterbrett. Ich sagte nichts, was gab es da zu sagen. Sie hatte es getan, ohne Skrupel dem Verstorbenen gegenüber hatte sie es getan, im Vollbesitz ihrer geistigen Kräfte, das nahm ich zumindest an, begann aber an diesen bereits zu zweifeln. Auf dem Boden, neben dem Schaukelstuhl stand die Campari-Flasche. »Kann ich auch einen?«, sagte ich und holte mir ein Wasserglas aus der Küche.

Meine Mutter hatte ganze Arbeit geleistet. In allen Räumen hatte sie die Spuren meines Vaters beseitigt. Die Glasvitrine im Wohnzimmer, Schaufenster seiner Modellbauobjekte, war leergeräumt. Ich muss zugeben, die Leidenschaft meines Vaters für Panzer, Schlachtschiffe und Jagdflugzeuge war mir, je älter ich wurde, peinlich geworden. Auch seine fundierten technischen und historischen Kenntnisse zu den einzelnen Modellen, die er immer und immer wieder zum Besten gab, nervten nicht nur mich, sondern vor allem meine Mutter. Er hatte die Vitrine im Zimmer so platziert, dass der erste Blick eines eintretenden Gastes zwangsläufig auf seine Ausstellung der akkurat erstellten Kriegsgeräte fiel.

»Ach«, sagten manche Besucher, »und das haben sie alles selbst gebaut?«

Andere bewunderten seine Geduld.

»Ich hätte nie die Geduld für diese kleinteilige Arbeit, da braucht es sicher eine ruhige Hand.«

Niemand schien sich über sein spezielles Interesse an Kampfmaschinen zu wundern, man ignorierte diskret diese fragwürdige Neigung. Manchem Gast, ich sah es ihm an, blieb allerdings die wichtigste Frage im Hals stecken: warum Panzer, warum Bomber, warum Zerstörer?

Eigentlich war mein Vater ein friedliebender Mensch, scheute Streit, vermied Konflikte. Die Arbeit in seinem Dentallabor befriedigte ihn. Mit Geschick und Präzision schuf er eine passgenaue Prothetik, die ihn rasch zu einem gefragten Partner vieler Zahnärzte machte. Das Geschäft mit Zahnersatz, Kronen und Brücken lief gut, die Aufträge häuften sich, er stellte Mitarbeiter ein. Auch hier brauchte es eine ruhige Hand, Geduld für kleinteilige Arbeit. Er liebte die Ruhe in seinem Labor, die leisen knappen Fachgespräche seiner vier Mitarbeiter, das Summen des Handpolierers, das gedämpfte Gurgeln des Reinigungsapparates, das zarte Vibrieren des Rüttlers, das Brodeln der Kaffeemaschine. Hektik war verpönt, sie hätte den konzentrierten Arbeitsgang erschwert. Zum Ausgleich der Präzisionsarbeit im Labor und seines anspruchsvollen Hobbys spielte er Klavier. Er spielte sehr gut. Er gab kleine Hauskonzerte für Freunde. Ich überraschte ihn mit meiner klaren Sopranstimme und meinem Interesse für Kunstlieder, Schubert, Brahms, Mendelssohn. Er spielte, ich sang.

Himmlische Musik und in der Vitrine das Kriegsgerät.

Mein Vater, ein Mensch mit Widersprüchen. Er liebte den Boxkampf, verpasste selten einen Auftritt berühmter Matadoren. Er speicherte nächtliche Boxrunden im Aufnahmegerät ab, um sie am Sonntagnachmittag anzuschauen. Dabei saß er nach vorne gebeugt auf dem Sofa, mit geballten Fäusten und kämpfte mit, schlug Löcher in die Luft und schlug sich manchmal verzweifelt an die Stirn.

»Das gibt's doch nicht«, schrie er und ließ sich nach hinten in die Polster fallen. Später saß er am Klavier und spielte Mozart, mit Hingabe und halb geschlossenen Augen.

Geduldig ertrug er die Launen meiner Mutter. Da hatte er zu tun. Meine Mutter litt unter einem unstillbaren Hunger nach Abwechslung. Nichts gefiel ihr auf Dauer. Schnell hatte sie sich sattgesehen an ihrer Kleidung, ihren Möbeln, Vorhängen, an Tisch- und Bettwäsche. Sie sorgte unerbittlich für Veränderung, wenn die bestehende Wohnatmosphäre ihr seelisches Gleichgewicht zu stören begann. Sie sagte:

»Anderen mag es egal sein, ich jedenfalls brauche für mein Wohlbefinden die richtige Optik, ich bin eben ein Augenmensch.«

Es gab eine Blauphase, eine Grünphase, eine Weißphase. Es gab Mischphasen, in denen sie Farbtöne geschickt zusammenkomponierte. Ihr zeitweise schmaleres Budget erlaubte ihr nicht immer eine radikale Veränderung des häuslichen Ambientes. In dem Fall setzte sie Akzente, beließ es zunächst bei rosa Tischläufern zu hellgrauen Vorhängen, die sie ein halbes Jahr zuvor selbst genäht und gegen blaue Fensterschals ausgetauscht hatte. Nach und nach verschwand die Farbe Blau und machte einem puderfarbenen Rosa Platz, welches sie mit dem Farbton »heller Kiesel« in Szene setzte. Selbstgenähte graue Hussen bedeckten plötzlich unsere Esszimmerstühle. Eine rosarote Milchglas-Lampe warf sanftes Licht auf eine Tischdecke

aus betonfarbenem Leinenstoff. Rosa kam in Bad und
Schlafzimmer an, machte sich in der Küche breit. Ein
rosaroter Toilettensitz ersetzte den Vorgänger in violett.
Tagelang brütete sie über Wohnzeitschriften, machte sich
Notizen, schob Merkzettel zwischen die Seiten.

In der Grünphase verwandelte sie das Wohnzimmer
in einen Dschungel aus Blatt und Nadelpflanzen. Efeu
tat, was er seiner Bestimmung nach tun musste. Er klet-
terte aus einem mächtigen, am Boden stehenden Pflanz-
topf an einem dicken Bambusstab nach oben. Er rankte
über den Türstock, krallte sich am Bilderrahmen eines
ererbten Ölbildes vom Hobbymaler Opa ein, schwang
sich über Bücherregale und richtete nimmermüde seine
Blattspitzen Richtung Fenster, zum Licht. Meine Mutter schlug Metallhäkchen in die Wand, um sein Vor-
wärtskommen zu unterstützen. Mein Vater sah das. Er
schüttelte den Kopf. Er sagte nichts. Als sich eine Efeu-
ranke bequem auf sein Klavier legen wollte, schnitt er
zu. Meine Mutter sprach drei Tage lang nicht mit ihm.
Eine Stehlampe musste einer Zimmerlinde weichen. Wie
Wachposten standen hochstämmige Palmen zu beiden
Seiten der Schauvitrine, als hüteten sie den brisanten In-
halt hinter Glas. Mit ihren langen Blattschweifen bildeten
sie ein grünes Dach über Vaters Sammelschrank. Er dul-
dete das kommentarlos. Meine Mutter nutzte jedes freie
Plätzchen im Zimmer, um weitere Pflanzen in das sich
ausbreitende Dickicht zu integrieren. Gnadenlos drückte
sie eine blühende Orchidee in den schmalen Spalt zwischen Schwertfarn und Sternaralie, füllte Lücken mit
Grünlilien und Pfennigbäumchen. Mein Vater und ich
entdeckten die Neuzugänge oft erst einige Tage später.

Die weichen Rispen des Zierasparagus streiften sacht
meinen Arm, wenn ich versuchte, zwischen Esstisch und
Anrichte artenschonend durchzukommen.

Ein Fensterblatt entwickelte sich beängstigend schnell
zu einem wuchernden Naturereignis, das in seinem bo-
tanischen Namen Monstera einen Auftrag zu erkennen
schien. Im Zimmer wurde es dunkler, an Regentagen
brannte durchgehend die Deckenleuchte. Spinatgrüne
Hussen ersetzten über Nacht und ohne Ankündigung
die grauen.

Später, bei Beginn der Weißphase, wanderten einige Pflanzen zunächst ins Schlafzimmer meiner Eltern.
Blattpflanzen im Schlafzimmer sorgen für guten Schlaf,
begründete meine Mutter den Umzug von Monstera
und Birkenfeige. Mehrere Grünlilien fristeten fortan auf
der Kleiderschrankwand ein karges Dasein knapp unter
der Zimmerdecke. Zum Gießen musste mein Vater einen Hocker besteigen, was er nur ungern, daher selten
und nur auf Drängen meiner Mutter erledigte. Sie be-
aufsichtigte das.

Andere Pflanzen begnügten sich mit ungünstigen
Lichtverhältnissen in Bad und Küche, litten unter Zugluft
im Treppenhaus und Sonnenbrand im kleinen Garten, der
zum Wohneigentum meiner Eltern gehörte. Die meisten zimmerverwöhnten Exemplare überlebten den ersten
Freilandwinter nicht. Die beiden Palmen erfroren, obwohl
mein Vater sie mit Folie umwickelt hatte. Meine Mutter
schnitt sie im Frühjahr herzlos in Stücke und stopfte sie
in einen Plastiksack. Mein Vater schüttelte, wenn er sich
unbeobachtet glaubte, den Kopf. Wortlos entsorgte er den
Bioabfall auf der städtischen Gartenabfallsammelstelle.

Die weiße Phase begann von einem Tag auf den anderen. Erstaunlich lange hatte es meine Mutter im subtropischen Dämmerlicht der Grünzeit ausgehalten, war aber selbst in eine Stimmungsdämmerung geraten, ohne es wahrhaben zu wollen. Müde und gereizt reagierte sie auf kleinste Andeutungen, ihren Zimmergarten betreffend. Sie brauchte Stunden, um die durstige Blätterwelt zu tränken, Verdorrtes auszuschneiden, Pilzbefall mit einer Sprühflasche zu vernichten. Die Hausarbeit erledigte sie schleppend und lustlos. Auf Spaziergängen trug sie selbst an verhangenen Tagen eine übergroße Sonnenbrille, als schmerze sie das Tageslicht. Mein Vater machte sich Sorgen.

»Willst du nicht ein bisschen Licht in den Dschungel lassen? Ich finde, es wird Zeit für Veränderung«, sagte er mutig und in gewisser Weise eigensüchtig. Meine Mutter sah ihn an, als lege er ihr die Welt zu Füßen.

Sie sagte: »Wenn du meinst, warum nicht, ich könnte vielleicht darüber nachdenken, mal sehen.«

So sagte sie es, hatte aber längst einen fertigen Plan im Kopf. Sie legte los. Die Pflanzen wurden verschoben, wanderten ab. Tageslicht flutete den großen Wohnraum, der als solcher endlich wieder zu erkennen war. Der Zimmergarten verschwand, meine Mutter blühte auf. Sie ließ sich vom inzwischen minimalistischen Einrichtungsprinzip ihrer Wohnzeitschrift leiten. Sie sagte, sie verstünde nicht, wie sie sich die eigenen vier Wände dermaßen hatte vollstopfen können. Sie überraschte meinen Vater mit transparenten weißen Schleiervorhängen, zarte Gespinste, die sie als Fertigware in einem Wohnparadies erstanden hatte. Eine helle Tischdecke, meine

Mutter nannte sie eierschalenfarbig, bedeckte den dunklen Eichenholztisch. Das war der Anfang. Meine Mutter deutete an, dass dunkles Holz für Wohnhöhle und Rückzug stünde und nicht mehr ihrer neu gewonnenen Vorstellung von Klarheit und Offenheit entspräche. Sie sagte, sie denke über eine neue Möblierung nach, nach so vielen Ehejahren sei das fällig und angebracht. Mein Vater, der nichts so sehr fürchtete als Diskussionen und Missstimmung, willigte ein. Er hoffte, meine Mutter würde endlich dort ankommen, wo sie gerne sein wollte, in einem sie zufriedenstellenden Heim, auf einem Sofa, das sie träumen ließ, an einem Tisch, der sie mit Stolz erfüllte. Als ich meine Eltern nach längerer Pause wieder einmal besuchte, war ich geblendet vom frischen Weiß der Wände und eines weiß lasierten Tisches, dazu weiß lasierte Stühle, eierschalenfarbige Polster auf der Sitzfläche, eine Polsterecke in cremeweiß, von kalkweißen Sofakissen belagert, Regale weiß, ein weißer Geschirrschrank mit Glastüren, alles weiß, alles hell. Nur das Klavier und die Schauvitrine meines Vaters kündeten von vergangenen Tagen, als Holz noch poliert und an seiner Farbe und Maserung zu erkennen war, Eiche, Buche, Nussbaum.

Meine Mutter sagte: »Das hier ist nordisch, schwedisch. Die langen Winter im Norden verlangen helle Möbel. Ich brauche sie auch, ich bin glücklich.«

Mein Vater starb Ende der Weißphase. Den angestammten Platz seiner Vitrine hatte er stets standhaft verteidigt, obwohl meine Mutter immer öfter über den schmerzenden Stilbruch geklagt hatte. Wie ein Monolith im Schnee stand das aus schwarzbraunem Palisanderholz gefertigte

Erbstück seiner Eltern im hellen Licht ihrer Wohlfühloase. Auch das schwarze Klavier störte als hartes Kontrastobjekt vor einer weißen Wand und verletzte ihr strenges Stilempfinden. Sie seufzte:

»Keine Sonne ohne Schatten, in vielem Ada, in vielem, aber so ist das eben, ich wusste es und weiß es schon seit langem.«

Die Wandlung vollzog sich in winzigen Schritten. Etwas Orientalisches schien sich nach dem Tod meines Vaters einzuschleichen. Plötzlich, wie aus dem Nichts gekommen, saß ein lächelnder Buddha aus Speckstein auf einer, mit Mosaiksteinchen verzierten Platte eines hochbeinigen Beistelltischchens. Einige Wochen später entdeckte ich im weißen Bücherregal eine Klangschale. Sie stand auf einem dunkelroten schmalen Webteppich mit Fransen, wie sie in türkischen Basaren billigst angeboten wurden. Bei einem Besuch in Istanbul hatte ich einige dieser Exemplare gekauft und daheim an Freunde verschenkt. Meine Mutter hatte ihr Geschenk weggepackt, nie ausgelegt. Jetzt passte es wohl zum neu erwachenden Lebensgefühl. Räucherstäbchen schwelten in einem Messingbecher und verbreiteten einen süßlichen, würzigen Duft. Irgendwann lagen golddurchwirkte, weinrote Tücher über den Rückenpolstern der Sitzlandschaft, und an den Ecken zimtfarbener Sofakissen baumelten Goldschnurquasten. Zum ersten Mal erschrak ich, machte mir ernstlich Sorgen um den Gemütszustand meiner Mutter. Sie redete wenig, schlief lange, aß vegetarisch und sehr kleine Portionen.

Veränderungen im großen Stil blieben allerdings aus. Es war, als scheitere die reale Umsetzung eines neuen

Lebensgefühls in einen sichtbaren Rahmen an seiner praktischen Ausführung, als genügten nunmehr Kleinigkeiten, um ihren Drang nach Abwechslung zu befriedigen. Ein Rosenquarzbrocken hier, ein Amethyst-Findling dort. Eine Buntglas-Laterne in Pagodenform schimmerte dank eines Teelichts geheimnisvoll in der Sofaecke. Das schwarze Klavier feierte seine wiedergefundene Akzeptanz. Ein karminroter Seidenschal lag wie angeweht auf dem Gehäuse, von einer langstieligen getrockneten Rose festgehalten. In der Schauvitrine meines Vaters tummelten sich Vasen, Väschen und Trockenblumen, fand ein noch nie benutztes japanisches Teeservice einen würdigen Platz. Wo meine Mutter die Bauchtänzerin erstanden hatte, verriet sie mir nie. Ich fragte nie, wieweit sie in die Geheimnisse fernöstlicher Meditation und Kultur einzudringen gedenke. Ihr Wissen darüber war dürftig und allgemein.

In der obersten Vitrinen-Etage versammelte sich nach und nach eine multikulturelle Gesellschaft in Porzellan und Messing. Meine Mutter stellte unbekümmert eine Japanerin in historischer Tracht neben einen tanzenden Derwisch, eine verführerisch lächelnde Bauchtänzerin zwischen einen buddhistischen Mönch und einen Samurai, dieser ausgestattet mit Dolch, Kurz - und Langschwert. Sie kaufte in dubiosen Läden in der Altstadt Nippes-Figuren von indischen Gottheiten. Sie verkehrte in einem Devotionaliengeschäft am Münster und in einer Gipsgießerei, die unser Dentallabor mit Gips beliefert hatte. Als ich eines Tages eine zierliche Lourdes-Madonna und die Gipsbüste der Königin Luise zwischen der mehrarmigen, indischen Gottheit Durga und einem Elefantengott mit

Rüssel entdeckte, hörte ich auf, mir Sorgen zu machen. Ich dachte, bei dieser Auswahl alles halb so wild.

Nach dem Tod meines Vaters besuchte ich meine Mutter in regelmäßigen, kurzen Abständen. Es gab viel zu tun. Die Dentalpraxis musste verkauft, Verhandlungen mit dem Nachfolger meines Vaters geführt werden. Ich verschonte meine Mutter mit langwierigen Gesprächen, nur beim Notartermin hatte sie Präsenzpflicht der Unterschrift wegen. Anschließend lud ich sie zum Essen ein. Wir aßen in einem Restaurant in der Nähe der Kanzlei. Meine Mutter war beunruhigt, befürchtete eine Begegnung mit dem Notar. Sie hatte eine Gemüseplatte mit Spiegelei bestellt, die ihr, als sie vor ihr stand, viel zu üppig erschien.

»Du meine Güte, wer soll das essen, was hat sich denn dieser Koch dabei gedacht«, erregte sie sich und schielte nach der Tür. »Ada, wenn unser Notar jetzt auch noch käme, hier Mittagsstammgast wäre, mich hier vor diesem Berg Gemüse sitzen sähe, das wäre mir sehr peinlich.«

»Was wäre daran peinlich, wir essen zu Mittag, haben Hunger, auch ein Notar will essen, es wäre die normalste Sache der Welt.«

»Nein, das wäre es nicht«, sagte meine Mutter. »Ich käme mir vor wie eine, ich weiß nicht, wie ich es sagen soll, wie eine, jedenfalls haben wir gerade eine stattliche Summe gezeichnet und schon sitzen wir hier und schlemmen und lassen es uns gut gehen. Wir hätten aufs Land fahren sollen, ins Tümpelholz, im Lammbräu isst man auch ganz gut und vor allem günstig.«

»Mama«, sagte ich, »du bist Papas rechtmäßige Erbin, du musst dich nicht verstecken oder entschuldigen.«

»Trotzdem«, sagte meine Mutter

Der Notar kam nicht.

Meine Mutter aß die Hälfte des Gemüses, das Ei, trank noch ein Glas Weißwein, einen Espresso. Danach wollte sie ein Schläfchen machen, ich fuhr sie nach Hause. Während sie schlief, lag ich auf dem mit Tüchern behangenen Ecksofa und dachte nach. Hatte sie Probleme, das Geld aus dem Verkauf der Firma anzunehmen, obwohl es ihr rechtlich zustand? Bereitete ihr die alte, neu aufgekeimte Liebe zum Nachbarsjungen Hans ein schlechtes Gewissen? Vielleicht glaubte sie, meinen Vater ein Leben lang hintergangen zu haben, nicht real, aber im Kopf und im Herzen, und daher kein Recht auf seine Hinterlassenschaft zu haben. Immerhin, mein Vater hatte sie zeitlebens gut versorgt, hart gearbeitet und sie durch den Verkauf der Firma mit einer beruhigenden Summe ausgestattet. Sie hatte ein Vermögen in dieser Höhe nicht erwartet. Es hatte sie erschreckt, als ich ihr den Kaufpreis nannte. Der ideelle Wert des Zahnlabors überstieg bei weitem den materiellen, der in Instrumenten und Geräten steckte. Das hatte sie nicht bedacht. Vielleicht bereute sie inzwischen ihr Geständnis, fand es angesichts des Erbes unpassend, etwas voreilig. Ich nahm mir vor, darüber zu sprechen, sie zu ermutigen, ihren Anteil am Wohlstand der ehelichen Gemeinschaft zu erkennen. Sie hatte dazu beigetragen. Bis auf die außergewöhnlichen Einrichtungswünsche hatte sie eher sparsam gewirtschaftet, allerdings so, als sei der Rest ihres Alltags für sie bedeutungslos und keinen Euro wert.

Ich sah hinüber zum Bücherregal. Neben der Klangschale stand ein Foto im Silberrahmen, das ich nicht

kannte. Noch nie hatte dort ein Foto gestanden. Noch nie!
Ich stand auf, nahm es in die Hand und besah es mir nä-
her. Auf einer Mauer saßen ein Mädchen und ein Junge.
Ich schätzte sie auf fünfzehn, sechzehn Jahre. Der Junge
hatte einen Arm um die Schulter des Mädchens gelegt
und lachte mit weit geöffnetem Mund. Zwei mächtige
Zahnreihen waren zu sehen. Es sah aus, als wären die
Lippen des Jungen niemals in der Lage sich über diesem
kräftigen Gebiss zu schließen. Ich dachte an ein Pferd.
Ich dachte an die Gipsmodelle der Patientenkiefer im Labor meines Vaters, die mich als Kind erschreckt hatten.
Ich dachte an Comicfiguren, die zähnefletschend einen
Einbrecher jagten. Schwarze Lockenkringel bedeckten
den Kopf des Jungen wie eine Kappe aus Persianerpelz.
Er trug ein Kurzarmhemd, das seine muskulösen Ober-
arme zeigte. Das Mädchen lehnte sich leicht gegen den
Oberkörper des Jungen, sah ihn aber nicht an, sah von
ihm weg, zeigte Profil. Es reckte die Nase noch oben, lächelte. Die Umarmung schien ihm zu gefallen. Das Mädchen war meine Mutter, der Plassa Hans saß neben ihr.

Ich hörte meine Mutter in der Küche rumoren. Geräuschvoll stellte sie Tassen auf Unterteller, klirrte mit
Besteck. Sie schien ausgeruht und kochte Kaffee. Ich
stellte das Bild ins Regal zurück und ging zu ihr. Wir
tranken Kaffee am Küchentisch und überlegten, wie das
Geld am besten angelegt werden sollte. Wir kamen zu
keinem Ergebnis und beschlossen, uns von einem Fachmann beraten zu lassen. Ich würde mich darum kümmern und ihr Bescheid geben. Als ich zwei Tage später
wieder kam, war das Foto im Silberrahmen verschwunden.

In den darauffolgenden Tagen begann ich zu recherchieren. Ich musste es tun. Das jugendliche Paar auf der Mauer ließ mir keine Ruhe. Jemand hatte die beiden damals fotografiert, zu einer Zeit, in der meine Mutter ihren eigenen Worten nach den Hans angeblich verabscheut und keine Notiz von ihm genommen hatte. Das Foto erzählte eine andere Geschichte. Da saß ein Mädchen, das sich fotografieren ließ und gerne wie mir schien. Man hatte bereits auf einer Mauer gesessen, oder war für das Foto nach oben geklettert. Der Arm des Jungen lag auf ihrer Schulter, besitzergreifend. Der Junge lachte wie ein Sieger. Das Mädchen lächelte.

»Zwischen dem Hans und mir war immer etwas, ich weiß nicht was es war, aber es war da und ist nie weggegangen«, hatte meine Mutter gesagt.

Wer hatte die Beiden fotografiert?

Ihre Unruhe all die Jahre.

Mein Vater hatte das hingenommen. Fragen hatte er nie gestellt, jedenfalls nicht in meiner Gegenwart. Allerdings hatte er nie mit uns Urlaub in der Schweiz gemacht, so sehr meine Mutter darum bat. Nach Zermatt wollte sie, das Matterhorn sehen, im gläsernen Bernina-Express die Alpen überqueren, im Engadin wandern, St. Moritz, Sils Maria, im Silsersee baden, im Zürich See auch, Zürich. Wir fuhren nach Frankreich, Italien, Spanien, Portugal, mehrmals nach Schweden, nie in die Schweiz.

Ich gab bei Google den Namen Hans Plassa ein, dazu Juwelier in Zürich und wartete. Die Antwort kam schnell: Juwelier Jean Plassa, Lüzigasse, Zürich. Auf der Website der Firma zeigten drei schmalhohe Fenster einen

Ausschnitt des Warenangebotes. Drei Fenster, umrahmt von schwarzen Basaltsteinplatten, die den gesamten Sockel eines dreigeschossigen Altstadthauses verkleideten. Ich zoomte das Foto heran, mein Puls schlug schneller. In den Fenstern fiel Licht gezielt auf wenige Kostbarkeiten. Ein Diamantcollier in dem einen, in dem anderen, zwischen kleinen weißen Muscheln verstreut, tiefblaue Saphirsteine in Weißgoldringen gefasst, drei schwere Goldarmbänder im mittleren der Fenster. Eine minimalistisch angerichtete Auslage. Man hatte es nicht nötig zu klotzen, man setzte auf Exklusivität, nicht auf Menge. Kunden wussten offensichtlich, was sie im Inneren des Geschäftes erwartet. Auf Tagestouristen war man nicht angewiesen. Im oberen Drittel der Schaufensterscheiben nannte eine edel geschwungene Goldschrift die Besitzer: Jean Plassa und Sohn.

Ich atmete durch. Jean Plassa war Hans Plassa, es konnte nicht anders sein, und einen Sohn hatte er auch. Hatte er einen Sohn, hatte er eine Frau, ganz sicher hatte er die. Eine Schweizerin wohl, vielleicht die Tochter seines Chefs. Wahrscheinlich war er dessen Nachfolger, hatte eingeheiratet, war bestens positioniert, hatte den Schweizer Pass, Vermögen, vielleicht ein Chalet in den Bergen, ein Boot auf dem Zürichsee und noch manch anderes.

Ich dachte an meine Mutter. Ich würde ihr das hier nicht zeigen. Ich würde ihr nichts von meiner Entdeckung erzählen, niemals. Ich würde mich um sie kümmern, sie verwöhnen, mit Ausflügen, Einkaufstouren, Kaffeehausbesuchen. Ich würde versuchen, ihren späten Liebeskummer mit erfreulichen Erlebnissen zu vertreiben. Sie konnte sich jetzt einiges leisten, auch kleine Reisen, und warum nicht einmal den gläsernen Zug besteigen, oder nach Zermatt zu fahren. Das Matterhorn erhebt sich nicht über Zürich. Nach Zürich wollte ich allein fahren, sobald mein Verlag die Zusage für einen Autor in Weinfelden gab. Ich würde sein Manuskript lektorieren, den Autor besuchen, und den Plassa Hans auch.

Zwei Monate später saß ich im Zug nach Weinfelden. In Konstanz war ich umgestiegen, im Grenzbahnhof zur Schweiz bekam ich direkten Anschluss an die Strecke Weinfelden – Zürich – Biel. In Weinfelden stieg ich aus, der Autor erwartete mich auf dem Bahnsteig. Er war sehr jung und sehr aufgeregt. Ich hatte sein Manuskript in der Tasche, einen Roman, ein Erstlingswerk, und der Verlag hatte es für gut befunden, wir würden es veröffentlichen. Der Autor hieß Andrees Balberg. Er zog eine schwarze Baseball Cap vom Kopf und sagte:

»Balberg, ich bin der Rees.«

»Tja Herr Balberg, wenn das so ist, dann belassen wir es bei dem Rees und gerne bei Ada, ich bin die Ada und hab ihr Manuskript gelesen«, sagte ich und klopfte auf meine Tasche.

Der junge Mann war wirklich sehr aufgeregt. Ich hatte einen kleinen Rollkoffer dabei, den wollte er unbedingt übernehmen.

»Bitte Ada, überlassen Sie mir den Rolli, dann haben Sie freie Hand.«

Er sprach ein wohlklingendes Schweizerdeutsch. Ich hörte ihn gerne sprechen.

»Wie geht es Ihnen damit, so jung und erfolgreich zu sein«, fragte ich ihn.

Er warf den Kopf in den Nacken, lachte laut auf.

»Du liebe Zeit, Sie fragen da noch, es ist der Wahnsinn, meine Welt ist seit der Zusage eine andere, ich kann es kaum glauben.«

Er schüttelte den Kopf, er schlug sich an die Stirn. »Super, super, super das!«

Ich sagte, er würde vielleicht schon bald ein bekannter Autor sein, der Roman habe Potential.

»Oh Mann«, stöhnte Rees.

Wir lachten. Es war Mittagszeit, er führte mich in ein Bistro beim Bahnhof. Er habe Hunger, sagte Rees und zu Hause nichts im Kasten. Er sagte Chaschte. Wir aßen eine Kleinigkeit, ich einen Toast, er eine Pizza. Er wollte bezahlen. Ich sagte, das sei nun Sache des Verlags, seine Autoren einzuladen, am besten gewöhne er sich gleich daran. Anschließend lud er mich zu sich in seine Schreibwerkstatt ein.

»Ich wohne im Haus meiner Eltern, die vor zwei Jahren leider verstorben sind. Ich denke, unseren Espresso trinken wir dort, dabei können wir ungestört besprechen, was es zu besprechen gibt.«

Sein kleiner Peugeot, ein Erbstück seiner Eltern, stand auf dem Platz vor dem Bahnhof.

»Im Handel ist der Kleine nicht mehr zu haben, aber ich halte ihn gut, so wird er es noch eine Weile machen.«

Er tätschelte das Auto als wäre es ein Pferd.

»Gell du, wir beide sind ein prima Gespann«.

Das Einfamilienhaus der Balbergs lag außerhalb der Stadt. Er nahm nicht den kürzesten Weg dorthin, sondern kurvte mitten durchs Ortszentrum, um mir einen Eindruck seiner Herkunft zu vermitteln.

»Sie müssen doch wissen was mich prägte. Hier ging ich in die Primarschule, eine schreckliche Zeit war das. Ich war ein bisschen dick, ich glaube ich wurde gemobbt, meine Mutter hat das allerdings immer bestritten. Aber eine schöne Stadt ist es trotzdem, das Rathaus hier, das Wöschhüsli da drüben, da vorne das Malerhüsli oder auch Hexehüsli genannt, das Pfadihüsli, die Stadtkirche, in der ich getauft wurde. Das ist der Schlotterhof, der besteht aus drei Hüsli ineinander geschachtelt, alle topsaniert, auch für die Nachwelt. Wenn Sie schon einmal da sind, sollten Sie es sehen. Und keine Sorge, ich bringe Sie heute Abend rechtzeitig zur Bahn.«

Einige dieser Hüsli, wunderschöne Fachwerkhäuser, meist schmal und hoch gebaut, waren früher Gemeinschaftswaschhäuser. Heute dienen sie verschiedenen Vereinen, das Pfadihaus den Schweizer Pfadfindern, nur den Mädchen. In der Remise wird gerne geheiratet. Im Malerhüsli arbeitet und wohnt eine Künstlerin. Rees wusste alles. Ich schaute nach links, ich schaute nach rechts, sah Schweizer-Fähneli an den Häusern, die mich mit fröhlichem Flattern grüßten. Rees redete und redete. Er klopfte mit der linken Hand ständig auf den Lenker, deutete hierhin und dorthin. Dann suchte er im Handschuhfach seine Sonnenbrille. Er sagte »Pardon, darf ich mal kurz« und beugte sich über mich. Er fand sie, setzte sie auf. Schließlich musste er sich schnäuzen. Er sagte:

»Ich sollte mich schnäuzen, gopferdelli, ich habe jetzt kein Taschentuch.«

Ich reichte ihm ein Papiertaschentuch.

Er sagte: »Merci vielmal.«

Inzwischen hatten wir den Stadtrand erreicht. Kleine

Häuser in großen Gärten schufen den Übergang ins Umland. In leichter Hanglage stand ein spitzgiebeliges Haus, rote Fensterläden an kleinen Fenstern, eine vorgebaute, verglaste Holzveranda nahm noch einmal in ihrer Dachkonstruktion den spitzen Winkel des Hausdaches auf. Auch so ein Hüsli, dachte ich, ein Hexehüsli, ein Dichterhüsli? Auf einer bemoosten Steintreppe stiegen wir nach oben. Rees zog meinen Rolli geschickt über die Stufen. Ich hätte ihn gerne im Kofferraum gelassen, doch Rees hatte protestiert.

»Nein, nein, auf keinen Fall bleibt der Rolli im Auto. Ich trag die Verantwortung für Ihr Hab und Gut, oder? Wir sind zwar eine sehr friedliebende Gemeinde, aber Dräckseckel gibt es überall, auch im Thurgau.«

Ich sagte »aha« und fragte nicht weiter nach, was genau ein Dräckseckel sei, konnte mir aber als Süddeutsche eine gewisse Vorstellung von des Wortes tiefster Bedeutung machen. Ich drehte mich um und sah in eine blühende Hügellandschaft, sah Weinberge und Obstbaumwiesen, ein Schloss auf einer Anhöhe und in weiter Ferne die Silhouette einer Bergkette im Mittagsdunst.

»Das sind die Alpen. An manchen Tagen sieht man bis ins Berner Oberland. Man sieht den Eiger, den Mönch und die Jungfrau«, sagte Rees und steckte den Schlüssel ins Schloss.

Die Schreibwerkstatt des Jungautors war eine Bücherhöhle. Raumhohe Regale an allen vier Wänden sparten lediglich die Tür und das Fenster aus. Da stand Buch an Buch, zwischen ihnen steckten handbeschriebene Merkblätter, Zeitschriften, Zeitungsartikel.

»Ja«, sagte Rees, »meine Ordnung ist nicht gerade professionell, aber ich weiß immer, wo ich finde, was ich suche.«

Auf einem Servierwagen, Modell sechziger Jahre, standen Espressotassen, ein Zuckerstreuer, lagen kleine Löffel in einem Holzkästchen mit Schiebedeckel aus Glas. Rees lebte offensichtlich in den Möbeln seiner Eltern. Ich setzte mich in einen Ohrensessel mit weinrotem Plüschbezug, der sich stellenweise aufzulösen begann. Ein zweiter Sessel, eine orangefarbene gelochte Kunststoffschale mit schräg gestellten Metallbeinen, hatte Rees meiner Einschätzung nach dem Badezimmer entnommen.

Erst jetzt entdeckte ich die kleine Espressomaschine im Bücherregal, zwischen der *Pest* von Camus und Sartres *Zeit der Reife*. Rees brühte den Espresso auf und stellte die Tassen auf einen kleinen Nierentisch aus Nussbaum, ein altes Tischchen mit deutlichen Gebrauchsspuren, das Furnier an einer Stelle aufgesprungen. Meine Mutter hatte ein ähnliches vor Jahren im Sperrmüll entsorgt.

Rees schlug die Beine übereinander und streute Zucker in seinen Espresso.

»Also«, sagte er, »was ist mit dem Titel, ich würde ihn ungern ändern. Der Titel war für mich Programm, Richtschnur, er war die ganze Zeit bei mir. Zuerst hatte ich den Titel, dann schrieb ich das Buch.«

Ich stellte meine Tasse ab und holte das Manuskript aus meiner Tasche.

»Das verstehe ich, und das war auch richtig, aber der Verlag muss verkaufen, der Titel soll also vor allem die

Leser elektrisieren, neugierig machen, und da meinen wir, dass *Rosenstein* nicht aussagekräftig genug ist.«

Rees stellte die Tasse auf das Nierentischchen. Er war nicht verärgert, er sagte: »Und was schlagen Sie vor, ich folge Ihrer Erfahrung.«

Der Roman handelte von einer Clique, drei Jungen, zwei Mädchen, die nach ihrem Abitur einen Ausflug machen. Sie steigen auf den Rosenstein und kriechen durch eine gut erschlossene Höhle, soweit gut erschlossen, als sie gefahrlos begangen werden konnte. Licht gibt es keines im Finsterloch, sie haben Taschenlampen dabei. Meistens können sie aufrecht gehen, stellenweise müssen sie kriechen. Am Ausgang der Höhle bemerken sie, dass der Schlussmann fehlt. Sie warten, sie rufen, er antwortet nicht, er kommt nicht, sie gehen zurück. Der Letzte ist nicht auffindbar, nicht jetzt, nach Stunden nicht, nicht nach Tagen, Wochen. Eine aufreibende Zeit beginnt für die Freunde, die Eltern und Geschwister des jungen Mannes. Man steht vor einem Rätsel, der Leser tut das auch. Rees hatte eine Geschichte geschrieben, die unter die Haut geht. Ich konnte das Manuskript nicht aus der Hand legen, der Verleger war begeistert. Aber der Titel gefiel ihm nicht, zu schön, zu lieblich fühle das Wort sich an, sagte er in der Lektoren-Konferenz.

»Also Rees, da müssen wir nochmal ran. Möchten Sie selbst einen anderen Titel wählen oder überlassen Sie es dem Verlag, ich meine mir und dem Verleger?«

Der Autor war jung, es war sein erstes Buch, er war dankbar einen Verlag gefunden zu haben, er sagte:

»Ich überlasse es euch, von Marketing verstehe ich nichts, rein gar nichts.«

Ich sagte: »Das ist auch gar nicht Ihre Aufgabe, wir besorgen das. Sie schreiben.«

Dann verriet ich ihm unseren Titelvorschlag, und Rees war sofort damit einverstanden. Der Titel wäre *Finsterloch* und stünde nicht nur für das Ereignis selbst, sondern auch für das nachfolgende Drama aus Schuldzuweisung, Eifersucht, Misstrauen und Verzweiflung, in dem die einzelnen Protagonisten ihren Halt verlieren.

Rees sagte: »Der Titel ist top, da steckt alles drin, was Sache ist. Ich bedaure nur, dass ich nicht selbst auf diesen Gedanken gekommen bin.«

Weitere Änderungen gab es nicht. Wir tranken noch einen Espresso und später das, was man im Thurgau unbedingt trinken sollte, ein Glas *Müller-Thurgau*. Rees sagte: »Ein Glas darf ich als Fahrer trinken, zu diesem Anlass sowieso, also dann, ein Vivat auf unsere Zusammenarbeit.«

Gegen Abend fuhr mich mein Autor zum Bahnhof. Im Zeitschriftenkiosk kaufte ich eine Ansichtskarte von Weinfelden, die ich meiner Mutter schicken würde. Rees küsste mich dreimal, rechte Wange, linke Wange und nochmals die rechte, hob meinen Rolli in den Zug und winkte mit einer winzigen Schweizerfahne aus Papier, die er soeben im Kiosk erstanden hatte.

Ich übernachtete in Zürich in Bahnhofsnähe und bediente mich am Morgen an einem üppig angerichteten Frühstücksbüffet. Ich legte die Grundlage für eine womöglich aufregende Begegnung in der Lüzigasse, aß Schinkenbaguette und Birchermüsli, trank mehrere Tassen Kaffee und frisch gepressten Orangensaft. Danach checkte ich

aus und nahm für meinen Rolli im Bahnhof ein Schließfach, denn ich wollte nach meinem Juwelierbesuch sofort
nach Hause fahren. Ich schlenderte gemächlich durch die
Bahnhofstraße, eine exklusive Einkaufsmeile mit einem
schwindelerregenden Preisniveau. Die bekanntesten Adressen verzichteten auf Preisschilder in den Schaufenstern. Wer dort einkaufte, fragte nicht nach Geld, man hatte es. Ich beobachtete Frauen, die mit Selbstverständnis
und ohne zu zögern diese Geschäfte betraten. Ich besah
mir die Auslagen. Kleinere Geschäfte hatten ihre Ware
ausgezeichnet, doch ein schlichter, feinmaschiger Pullover, der mir ins Auge stach, hätte mir für seinen Preis von
600 Franken ewig ein schlechtes Gewissen bereitet.

Ich wandte mich ab und suchte meinen Standort im
Smartphone. Ich hatte nicht weit zur Altstadt. An einer
Ampel überquerte ich die Straße, ging ein kurzes Stück
an der Limmat entlang, ging über eine Brücke und erkannte einige Straßennamen, die ich mir eingeprägt
hatte. Ohne Umweg erreichte ich die Lüzigasse, ein
Fähnchen geschmücktes Fußgängersträßli, gar nicht so
schmal, wie ich es mir vorgestellt hatte.

Das Schweizerkreuz war einfach nicht zu übersehen.
Als Fähnchen-Girlande hing es mehrfach über der Gasse.
Fähnchen steckten in speziellen Wandhalterungen, steckten in Balkonbepflanzungen und Blumentrögen. Olean-
derbüsche und Olivenbäumchen in großen Pflanzkübeln
verbreiteten mediterranes Flair. Auch von dem dunklen
Basaltsockel des Juweliergeschäfts Plassa hoben sich gelbe und rosarote Oleanderblüten wirkungsvoll ab. In den
drei Fenstern lag kostbares aus Platin und Gold, glitzerten
Brillanten im Licht exakt auf sie gerichteter Leuchtspots.

Ich öffnete die Ladentür und trat ein. Eine ältere Dame saß an einem zierlichen Edelholzschreibtisch und hob den Kopf. Sie stand auf und ging auf mich zu. Sie war dezent geschminkt. Ihre Haare hatte sie straff aus dem Gesicht gekämmt und am Hinterkopf zu einer rutschfesten Rolle eingedreht. An ihren Ohrläppchen glänzten winzige Rubine. Sie war von korpulenter Statur, kaschierte aber das Zuviel an einigen Körperstellen mit einem meisterlich geschnittenen schwarzen Kleid, mit einem Kleid vermutlich aus der Bahnhofstraße. »Grüezi«, sagte sie und fragte mich, womit sie dienen könne.

»Ich möchte mich gerne umsehen. Ich denke an ein Armband, bin mir aber noch nicht sicher«, sagte ich, meinen süddeutschen Dialekt betonend.

»Aha, sehr schön«, sagte sie zögerlich, als müsse sie über meine Äußerung erst einmal gründlich nachdenken, als habe ihr Ohr etwas vernommen, was sie einzuordnen versuchte.

Sie bat mich an eine der Tischvitrinen. An der Wand hinter der Vitrine hing eine große Fotografie im Silberrahmen. Es war das Portrait eines grauhaarigen Mannes im dunklen Anzug. Eine Hornbrille saß auf seiner fleischigen Nase, das Kinn war Teil des Halses, ich sah nicht wo die Wangenpartie endete, wo der Hals begann. Der Mann war dick, sehr dick. Ein schwarzes Band hing über einer Ecke des Silberrahmens. Der Mann war nicht nur dick, der Mann war tot. Sie bemerkte mein Interesse für das Bild. Sie stellte fest:

»Sie sind zum ersten Mal bei uns, dann darf ich Ihnen sagen, dass ich das Geschäft seit dem Tod meines Mannes allein führe, sehr zur Zufriedenheit unserer Kunden.«

Sie wies auf die ausgestellten Armbänder, Armreifen, breite, schmale, aus Gold, Silber oder Platin. Sie
entnahm der Vitrine noch zwei Schubladen, die sie auf
einem Zusatztisch abstellte. Ich starrte auf den Schmuck.
Es glänzte und glitzerte vor meinen Augen. Ich musste
mich konzentrieren. Wollte ich hier einen Armreif kaufen oder etwas über den Hausherrn erfahren? Ich begriff,
dass das eine ohne das andere nicht funktionieren würde,
also begann ich eindeutiges Interesse für zwei oder drei
der schmalsten Objekte auf schwarzem Samt zu zeigen.

Ein Mann tauchte aus der Tiefe des Verkaufsraumes
auf, der durch einen japanischen Paravent zweigeteilt
war. Die Chefin sagte:

»Jean-Tell, bring doch die neue Serie von Fabrice
nach vorn, damit unsere Kundin sie sehen kann.«

Der Mann war etwa in meinem Alter, vielleicht etwas
jünger als ich. Er erinnerte mich vage an den Jungen auf
dem Foto, der mit meiner Mutter auf der Mauer gesessen hatte. Der Sohn, Jean-Tell, groß, kräftig gebaut, gut
gekleidet, eine eindeutig optisch verbesserte Version seines Vaters sagte:

»Avec plaisir, Maman.«

Er sprach das Wort Maman mit Nasallaut auf dem
letzten Vokal. Das klang gut, sehr charmant. Überhaupt
lockerten Mutter und Sohn unbekümmert ihr Schweizerdeutsch mit französischen Einlagen auf. Der Sohn
stellte ein mit dunkelblauem Samt bezogenes Tableau
neben die beiden Schubladen.

»Voila, c'est la collection de Fabrice, erst seit gestern
im Haus, une collection très jolie, und gerne für Sie zur
Ansicht, Madame.«

Er lachte. Da waren sie, die ausladenden Zahnreihen des Papas, für einen kurzen Augenblick sichtbar, bevor sie rasch hinter den Lippen des Sohnes wieder verschwanden.

Er schien den Sprachenmix zu zelebrieren, vielleicht auf den jeweiligen Kunden abgestimmt. In meinem Fall überwog das Deutsch, in anderen Fällen wohl sein Französisch. Ich vermutete, dass er die französische Sprache so perfekt beherrschte wie die deutsche, so spielerisch, wie er mit ihr jonglierte. Flankiert von Mutter und Sohn widmete ich mich der glänzenden Auswahl vor meinen Augen. Mir gefiel fast alles. Die Entscheidung für eines der Schmuckstücke war für mich eine Frage des Preises, der nicht zu ersehen war. Die Fabrice Armreifen gefielen mir besonders gut. In einen sehr schmalen Goldreif mit winzigen Saphirsteinen verliebte ich mich auf den ersten Blick. Der zweite Blick galt einem schlichten Platinreif mit einem einzigen Brillanten in einer leicht erhöhten Fassung aus Weißgold. Der Sohn legte mir mit Sorgfalt das Schmuckstück zur Probe an, hielt dabei wie ein Liebhaber meine Hand.

Er sagte: »Merveilleux, wunderschön an Ihrem Handgelenk.«

Die Mutter sah das auch so, an meinem zarten Handgelenk wirke der Reif besonders edel und wie für mich geschaffen. Dann wollte sie es wissen.

»Darf ich fragen, ob Sie aus Süddeutschland kommen, womöglich aus Württemberg? Mein Mann hatte dieselbe Aussprache wie Sie, genau denselben Tonfall. So wie Sie sprechen, das erinnert mich an ihn, n'est-ce pas Jean-Tell, das hörst du auch.«

Der Sohn hatte es auch gehört, aber anscheinend nicht für wichtig befunden. Er reiste viel, er hörte viel, auch schwäbisch. Ich sagte, ich käme aus G. Auch meine Mutter lebe dort.

Die beiden sahen sich an. Dann sahen sie mich an. Frau Plassa sagte:

»Mein Mann kommt auch aus G. Er sprach anfangs genauso wie Sie, später übernahm er unser Schwizer-dütsch, mischte es mit schwäbischen Brocken.«

Ich sagte: »Ich kenne Ihren Mann aus den Erzählun-gen meiner Mutter. Die beiden waren Nachbarskinder.«

Jetzt musste sich Plassas Frau ein bisschen auf die Tischvitrine stützen.

»Mon Dieu«, sagte sie, »ja kann das sein, ja ist das möglich, das gibt es doch nicht, mir verschlägt es die Sprache, sie werden doch nicht das Marieli meinen? Mein Mann erzählte gerne von einem Marieli aus seiner Stra-ße, das ihm schon im Kindergarten den Kopf verdreht habe. Eine kleine Klette sei es gewesen das Marieli, habe an ihm gehangen, wollte dauernd Händchen halten. Kei-nen Schritt habe es ohne ihn tun mögen, immer bei ihm sitzen wollen. Die Schuhe musste er dem Marieli binden, das Täschlein tragen, es einmal küssen. Er habe es schon gerne gemacht, manchmal sei ihm das Kind aber auch lästig geworden. Pardon, dass ich es so sage, aber so sei es halt gewesen. Trotzdem habe er die Kleine gern ge-habt. Ein Hexli sei sie gewesen, hübsch und fröhlich, den Kopf voller Locken. Er habe ihr versprechen müssen, sie einmal zu heiraten.«

Frau Plassa lachte laut auf und sagte: »Kinder halt oder?«

Sie warf einen Blick auf das Portrait des Verstorbenen.

»Ja, aber das ist nicht die einzige Liebe von meinem Jean geblieben, weiß Gott nicht die einzige. Unserem Dädi haben die Maidli schon immer gerne schöne Augen gemacht, die Frauen später auch, oder, Jean-Tell. Weißt du noch, wie das mit der Regula war? Aus der Affäre ist er gerade noch einmal herausgekommen. Das ging damals auch ans Portemonnaie. Aber kuriert war er danach trotzdem nicht. Was soll ich machen, hat er geklagt, die Frauen mögen mich, sie geben keine Ruhe. Ich hab das eigentlich gar nicht so recht verstanden, was ihnen an meinem Jean so gefallen hat, vielleicht der Schmuck. Da ist jedenfalls so manches gute Stück aus dem Haus gewandert, oder. Wenn er gewollt hätte, wäre es nicht so weit gekommen. Aber er wollte nicht. Er war halt auch gerne Hahn im Korb, das hat ihm gefallen, und natürlich, die eine oder andere Liaison auch. Er war kein Kostverächter, da lief immer was, da hat er nicht nein gesagt, wenn sich die Gelegenheit bot auf Geschäftsreisen oder hier im Jachtclub. Schöne Frauen gibt es überall, und die Männer, ja du liebe Zeit, also wenn ich da kleinlich gewesen wäre, stünde ich heute nicht so wohlversorgt im Leben oder, Jean-Tell?«

Der Sohn lachte, zeigte Zähne. Die Mutter tätschelte seinen Arm.

»Mein Jean-Tell ist da ein ganz anderer als sein Vater. Eine treue Seele ist er, verlobt mit einer Züricher Bankierstochter, der Priska. Ein sehr schönes Mädchen ist sie und gescheit. Sie studiert Wirtschaft und arbeitet in den Semesterferien in der Bank beim Vater. In diesem

Jahr wird noch geheiratet, n'est-ce pas Jean-Tell? Ich freu mich sehr.«

Frau Plassa holte Atem, ihr Gesicht hatte sich gerötet.

Ich entschied mich für den schmalen Goldreif mit den Saphirsteinen und fragte nicht nach dem Preis.

Der Sohn legte den Reif in ein edles Mahagonikästchen. Mit einem feinen Klick schnappte es zu. Ich bezahlte mit meiner MasterCard und hatte anschließend 3000 Euro weniger auf meinem Konto.

Frau Plassa fragte:

»Und die Frau Mutter ist wohlauf? Mon Dieu, wenn das mein Jean heute erlebt hätte, steht da die Tochter vom Marieli im Geschäft. Nicht schlecht gestaunt hätte der, ja gefreut hätte er sich. Wie ein Kind hätte der sich gefreut, ganz gewiss hätte er sich an seine kleine Freundin erinnert oder, Jean-Tell?«

»Ganz gewiss«, sagte der Sohn.

Mutter und Sohn begleiteten mich zur Tür.

»Alles Gute und einen Gruß an die Frau Mutter.«

Frau Plassa gab mir die Hand.

»Adieu,« sagte der Sohn, »grüßen Sie Ihre Frau Maman, et amusez-vous avec les bijoux. Sie haben eine gute Wahl getroffen, der Armreif steht Ihnen ausgezeichnet.«

Ich sagte: »Er ist nicht für mich.«

Ich saß noch eine Weile auf einer Bank an der Limmat und schaute dem Treiben der Boote zu. Bis zur Abfahrt des Zuges hatte ich noch eine gute Stunde Zeit. Dann ging ich zum Bahnhof und holte den Rolli aus dem Schließfach. In Weinfelden stieg ich aus, setzte mich in das Bistro, das ich mit Rees besucht hatte, trank einen

Cappuccino und schrieb die Ansichtskarte an meine Mutter. Ich warf sie am Bahnhofsbriefkasten ein. Ich stieg in den nächsten Zug nach Konstanz, am späten Abend würde ich zu Hause sein. Ich würde vor meiner Ansichtskarte ankommen. Aber das war meistens so, wann und von welchem Ort aus auch immer, ich eine solche auf meinen Reisen verschickt hatte.

FUNDSACHE

Maja war vor zwanzig Jahren aus ihrer Heimatstadt im Süden des Landes in den Norden gezogen. Sie hatte eine Entscheidung getroffen. Es war eine Entscheidung zwischen zwei Lieben, der Liebe zu ihrer Heimat am Rand der Schwäbischen Alb und der Liebe zu Helmut. Sie entschied sich für Helmut und damit für Hamburg. Sie kannte Hamburg nicht. Sie hatte als Kind mit ihren Eltern Urlaub in Österreich und Italien erlebt. Am Gardasee war man schneller als an der Nord- oder Ostsee, und die Fahrt an die Adria war schließlich zum jährlichen Herzenswunsch ihrer sonnenhungrigen Mutter geworden. Norddeutschland existierte für Maja nur auf der Landkarte, der sie in ihrem Schulatlas weniger Beachtung geschenkt hatte als jener der Vereinigten Staaten oder der Westindischen Inseln. So war ihr bislang entgangen, dass der Hamburger Hafen nicht am Meer, sondern an der Elbe lag. Beim flüchtigen Studium ihrer Deutschlandkarte war sie offensichtlich einer optischen Fehleinschätzung erlegen. Dachte sie an Hamburg, dachte sie an das Meer, an Dünen, an Schafe auf und hinter den Dünen, an die Geschichte vom Schimmelreiter, die sie als Schullektüre gelesen hatte. Doch vor allem dachte sie an Helmut.

Hamburg ist nicht Husum, hatte Helmut sie nachsichtig belehrt.

Sie zog nach Hamburg der Liebe wegen. Sie glaubte, die Liebe sei eine Alleskönnerin, eine Zauberfee, die alle Ängste, Missverständnisse, Enttäuschungen und das nagende Heimweh mit ihrem Zauberstab ins Gegenteil verwandeln würde.

In den zwanzig Jahren ihres Lebens in Hamburger Vororten war die Zauberfee nicht untätig geblieben. Sie hatte Maja mit einer Tochter beschenkt, mit guten Nachbarn, mit einem zuverlässigen Mann. Sie hatte ihr einen bescheidenen Wohlstand beschert, eine angenehme Halbtagsarbeit in einer Zahnarztpraxis, hatte Helmut zum Abteilungsleiter eines mittelständischen Elektrobetriebes befördert.

Die Zauberfee hatte sich wirklich Mühe gegeben. Maja könnte eigentlich zufrieden sein, wäre da nicht diese Sehnsucht nach den waldreichen Bergrücken, den Burgruinen, den windschiefen Wacholderbüschen auf sonnenwarmen Magerwiesen, wäre nicht das Heimweh nach den Wanderwegen entlang uralter Felsgehäuse, mäandernder Bäche, Kapellen und gemächlich dahinziehender Schafherden. Dieses Heimweh gab keine Ruhe. Es hatte immer eine Stimme, selbst die Liebe hatte es nicht zum Schweigen gebracht.

Auf einer Busreise nach Holland hatte sie Helmut kennengelernt.

Zur Tulpenblüte nach Holland, ein Erlebnis für die ganze Familie versprach ein Plakat im Fenster eines Reisebüros, an dem sie täglich auf ihrem Weg zur Arbeit vorüberging. Das knallbunte großformatige Tulpenmeer in Hochglanzdruck brachte Maja zum Träumen. In einem aufgestreuten Sandbett auf dem Boden des Schaufensters stand eine kleine Windmühle, lagen Wandteller in Delfter Blau-weiß-Porzellan, stand eine Puppe in Holzpantoffeln, eine Mädchenpuppe in historischer Tracht, blauäugig, rotwangig. Weizenblonde Zöpfchen ragten steif wie Drahtseile unter den aufgebogenen Flügeln ihrer weißen Haube hervor. Maja bewunderte das Arrangement. Sie bewunderte Lene, die mit leichter Hand und wenigen Zutaten die Atmosphäre eines Reiseziels skizzierte, oder das, was Touristen von ihrem Ziel erwarteten: Gondeln für Venedig, Pyramiden für Ägypten, Kamele für Tunesien, einen Sombrero für Mexiko, einen Spielzeugfiaker mit Pferdegespann für Wien.

Maja lebte bei ihren Eltern, hatte eine beste Freundin, und sie liebte Tulpen. Ihre beste Freundin Lene arbeitete in diesem Reisebüro und buchte gerne Städtereisen für Maja und sich, günstige Kurzreisen für zwei Personen, im Doppelzimmer und all inclusive. Eine Busreise nach Wien mit Opernabend, Fahrten nach Florenz, Mailand, Rom. Die Tulpenblüte war nicht gerade Lenes Traumziel, eine Fahrt nach Paris hätte sie bevorzugt. Windmühlen, Käse und Tulpen waren nicht so ihr Ding, aber Amsterdam ließ ihr Herz höherschlagen. Zwei Tage in Amsterdam standen mit auf dem Programm.

Maja und Lene fuhren also in einem Komfortbus nach Holland. Der Reisebegleiter verwöhnte seine Fahrgäste mit Käsewürfel.

»Damit Sie schon mal einen Vorgeschmack auf ein wichtiges Nahrungsmittel und Exportgut der Holländer bekommen«, erklärte er aufgekratzt.

Er imitierte ein bisschen Rudi Carell. Er saß neben dem Fahrer und unterhielt die Reisenden mit Anekdoten, die das typisch Holländische auf den Punkt bringen sollten. Er sprach in ein Mikrofon.

»Wenn ein holländischer Busfahrer über einen Alpenpass fährt, steigt er vor jeder Kurve aus und schaut, wie es dahinter weitergeht.«

Großes Gelächter bei den Fahrgästen, der Reisebegleiter schob Heintjes »Mama« in den Recorder. Ein paar Frauen sangen mit.

Im Tulpenpark Keukenhof sahen sich Maja und Helmut zum ersten Mal. Maja und Lene hatten Hunger, hatten sich an endlosen Tulpenparaden müde gesehen, waren lange Wege zwischen farblich streng getrennten Blumenfeldern und bunt gemischten Rabatten gegangen. Tulpen rot, gelb, rosarot, rot-gelb geflammt, weiße Tulpen, weißviolett gesprenkelte und sogar schwarze mit roten Blütenspitzen. Sie hatten sich über die aufrecht und stramm stehenden Pflanzen gewundert, eine neben der anderen, als gehorchten sie einem geheimen Kommando der Natur.

»Kauf ich Tulpen auf dem Markt, stell sie in eine Vase, geb ich Wasser dazu, freu mich gerade mal einen Abend lang, dann hängen sie anderntags schon über den Vasenrand, kann ich machen, was ich will«, sagte Lene.

Sie frage sich, wie die Holländer das hinkriegen, wie sie es schaffen, dass die Tulpen tun, was ihre Züchter wollen, dass sie ihnen gehorchen, Haltung zeigen, und nicht nur für einen Tag.

Sie waren müde. Majas Schuhe waren auch nicht ideal für lange Wege, die Absätze zu hoch. Wie dumm von ihr. Morgen in Amsterdam würde sie flache Ballerinas tragen.

Sie entdeckten einen Schnellimbiss und beschlossen, sich zu stärken. Sie standen an der Theke und überlegten, ob sie Pommes Frites mit Bratwurst oder einen Hawaii-Toast essen sollten. Sie entschieden sich für die Bratwurst. Ein Junger Mann neben Maja tat es auch. Er sagte:

»Essen muss man immer, von der Blumenpracht wird keiner satt.«

Maja und Lene lachten.

»Da ist was dran«, sagte Lene und suchte mit den Augen einen freien Tisch.

»Wenn Sie möchten, können Sie gerne an unserem Platz nehmen, ein Freund hält ihn gerade frei, ist doch ein ganz schöner Andrang hier«, sagte der junge Mann.

Maja und Lene folgten ihm. Sie hätten ganz gern einen Tisch für sich allein gehabt, doch freie Plätze waren wirklich knapp und nicht zu haben.

»Also«, sagte der freundliche Mann, »das ist Olaf, ich bin der Helmut. Dann lasst es euch mal schmecken, ihr beiden Hübschen.«

Olaf schien der ältere der beiden zu sein. Er trug einen sehr kurz gestutzten Bart, aß einen mächtig aufgetürmten Schinkentoast und sagte: »hallo.«

Lene sagte: »Meine Freundin Maja, und ich bin die Lene.«

Das war es im Grunde schon. Alles weitere folgte jenem geheimnisvollen Plan, der im Wesen einer zufälligen Begegnung angelegt zu sein schien.

Helmut und Olaf waren mit einem Reisebus aus Hamburg unterwegs. Helmut sagte:

»Amsterdam war gestern, heute machen wir den Tulpentrip und morgen Rotterdam. Am Abend geht's nach Hause, geschlafen wird im Bus.«

»Das klingt anstrengend«, fand Lene.

»Wozu ist man jung«, sagte Helmut.

Er fand Busreisen toll, finanziell günstig, unkompliziert, man müsse nur seine Tasche packen, die Abfahrt nicht verpassen und überließe alles andere dem Reiseveranstalter. Bequem und unterhaltsam seien diese Fahrten, man käme mal raus, so einfach zwischendurch, ohne großen Pipifax, drei Tage könne man sich immer leisten. Er schaute Maja an, sagte:

»Und wenn man Glück hat, trifft man solch nette Mädels, wie ihr es seid.«

Olaf holte für sich und Helmut noch ein Bier, für Maja und Lene Cola.

»Geht auf mich«, sagte er.

Sie aßen, sie tranken, auch einen Kurzen, hatten Spaß und tauschten zum Ende der gemeinsamen Mahlzeit Adressen und Telefonnummern.

»Für alle Fälle«, sagte Helmut.

Olaf sagte: »Mal sehen.«

In Amsterdam absolvierten Maja und Lene das volle Programm. Die Grachtenfahrt, ein Glas Sekt gratis, eine Stadtführung mit Überquerung unzähliger Brücken. Sie landeten in einer historischen Holzschuhwerkstatt, in der noch gearbeitet wurde, und Lene kaufte sich ein Paar Klompen, nicht zum Tragen, an der Wand sollten sie hängen. Es gab Zeit zur freien Verfügung. Maja und

Lene erstanden Folkloreblusen und Silberringe, orange-farbene Flatterschals, orangefarbene Stofftaschen und Fußkettchen in kleinen, süßlich duftenden Läden, und sie aßen Eis aus himmelblauen Pressglas-Kelchen, Milcheis-kugeln groß wie Grapefruits, auf denen sich rosarote Baiserschäumchen tummelten.

»Bunt und lustig ist hier alles, das gefällt mir«, sagte Maja und lehnte sich entspannt zurück.

»Ob die mal anrufen oder schreiben«, sagte Lene.

Maja überlegte: »Ich melde mich jedenfalls nicht. Vielleicht war es nicht gut, die Adressen zu tauschen, zwei völlig Fremden so schnell zu vertrauen. Normaler-weise mach ich das nicht. Ich habe jetzt gar kein gutes Gefühl.«

»Was sollte denn passieren, wir haben ebenso ihre Adressen«, sagte Lene. »Es war ein einvernehmlicher Tausch, das ist doch in Ordnung.«

Maja schüttelte den Kopf, »Ich weiß nicht, mir ist nicht wohl dabei, ich wünschte wir hätten die beiden nie getroffen.«

Eine Woche nach der Rückkehr aus Amsterdam rief Helmut Maja an. Er fiel gleich mit der Tür ins Haus. Er sagte vorwurfsvoll, die Begegnung mit ihr im Keukenhof habe ihn völlig aus der Bahn geworfen, setze ihm schwer zu. Nun müsse er ständig an sie denken, könne das nicht abstellen und wisse nicht, was zu tun sei.

Im ersten Schreck sagte Maja: »Oh, das tut mir aber leid, da kann ich auch nicht weiterhelfen.«

Dann sagte sie nichts mehr und wartete. Helmut lach-te ein bisschen.

»Gar nicht weiterhelfen, mit nichts, bist du sicher?«

Maja antwortete nicht, sie musste nachdenken, war völlig überrumpelt.

Helmut sagte: »Ich hätte so eine Idee. Was hältst du davon, ich komme dich besuchen und bis dahin fällt dir vielleicht etwas ein, womit ich leben könnte, irgendetwas, ein Zeichen vielleicht, was meinst du?«

Maja überlegte: »Am nächsten Wochenende habe ich keine Zeit, die Woche darauf schon eher.«

Das war ehrlich gesagt, klang aber nicht besonders einladend. Helmut war es egal, er hatte bereits eine Zugverbindung vorbereitet, für alle Fälle. Er käme also am Samstag um 12:44 Uhr an und sorge selbst für Unterkunft und alles Weitere. Schnell beendete er das Gespräch aus Angst, Maja könnte es sich anders überlegen.

Das hat Maja nicht getan.

Ein Jahr später zog sie nach Hamburg in Helmuts Zweieinhalbzimmerwohnung im vierten Stock eines Wohnblocks, mit Blick auf andere Wohnblocks und einen Kinderspielplatz, der ihr noch nützen sollte. Sie tat es gegen den Willen ihrer Eltern, die vor einer überstürzten Entscheidung warnten und gegen den Protest ihrer Freundin Lene. Sie tat es gegen den Rat ihres Chefs, eines Zahnarztes, in dessen Praxis sie ihre Ausbildung zur Sprechstundenhilfe gemacht hatte. Der Zahnarzt hatte natürlich eigene Interessen eingebracht, da er nicht daran glaubte, noch einmal eine solch tüchtige Mitarbeiterin zu finden.

Sie zog also zu Helmut, obwohl Lene ihr geraten hatte, sich noch Zeit damit zu lassen. Lene fand, dass Helmut nicht zu ihr passe, eine ganz andere Weltsicht habe, zu materialistisch denke.

»Auto, Haus, Frau, Kinder, gutes Essen, hauptsächlich Fisch und Fisch«, sagte Lene, »den fandest du bisher immer zum Kotzen, du kannst ihn ja nicht einmal riechen.«

Maja warf ein: »Was ist falsch an Auto Haus und Kinder, und Fisch, mein Gott, ich muss ihn ja nicht essen, höchstens braten. Meinetwegen.«

Sie war jung. Sie sah mit hellen Augen in die Zukunft.

Der Abschied war ihr nicht einmal besonders schwergefallen. Die Aussicht auf das Eheglück in einer Weltstadt wie Hamburg, das Meer nicht weit, die Elbe, die Alster vor der Tür, wirkte wie eine lokale Betäubung vor der Extraktion eines Backenzahnes. Sie spürte keinen Schmerz, lange nicht. Der kam, als die Wirkung der ersten Begeisterung nachließ, als der ernüchternde Alltag sie nach und nach so einiges vermissen ließ.

»Es soll keine große Sache werden«, sagte Helmut, als sie ihre Trauung planten.

Zwei Kollegen aus seinem Betrieb fanden sich als Trauzeugen im Standesamt ein. Sie warfen Konfetti auf das frischvermählte Paar. Anschließend aßen sie in einem Restaurant an der Binnenalster zu Mittag. Die Männer bestellten Fisch. Der Koch hatte auch Wiener Schnitzel im Angebot mit Zitronenremoulade, Butterkartoffeln und Blattspinat. Maja entschuldigte sich bei Helmuts Kollegen für ihre Abneigung gegen Fisch. Die beiden winkten ab. Sei alles eine Frage des Geschmacks, sagte der eine, der andere riet ihr zu Seezunge, ein wunderbarer Einsteigerfisch sei das und habe noch jedem geschmeckt. Der Kellner servierte zum Nachtisch eine Torte, in deren Mitte sich ein Brautpaar aus Marzipan umarmte.

»Mit den besten Wünschen zur Hochzeit«, sagte er, »die Belegschaft wünscht Ihnen alles Gute.«

»Woher wissen die hier, was los ist«, sagte Helmut. Seine Kollegen grinsten vielsagend.

Am Abend rief Maja ihre Eltern an.

»Mama, Papa, wir haben es heute gepackt, haben geheiratet, ohne Aufwand. Die Feier holen wir nach, sobald wir euch besuchen. Versprochen.«

Helmut arbeitete in einem großen Elektrobetrieb. Er verdiente nicht schlecht. Maja fand sehr schnell eine Anstellung bei einem Zahnarzt in der Innenstadt. Auf ihrem Weg in diese Praxis konnte sie einen Blick in Schaufenster edler Modegeschäfte werfen, schnell mal eine Zeitschrift kaufen. Der Zahnarzt erkannte rasch ihre Qualitäten und belohnte sie nach der Probezeit mit einer Gehaltserhöhung. Am Wochenende besahen sie sich Reihenhäuser im Hamburger Umland. Sie wollten sich in absehbarer Zeit etwas Eigenes leisten. Sie sparten an, stockten Helmuts Bausparkonto auf. Selten gingen sie essen. Helmut kochte gern. Maja gewöhnte sich an Fisch, Pinkel, Grünkohl und Labskaus. Manchmal trafen sie sich mit Olaf und dessen Freundin Gitte. Gitte war Schwedin und sah auch so aus, oder sie sah aus, wie Maja sich Schwedinnen vorstellte, langbeinig, blond und temperamentvoll. Gitte gegenüber fühlte sich Maja ein bisschen unterlegen. Sie hatte wenig zu erzählen, von was auch, denn niemand fragte sie nach ihrem Leben vor dem Umzug, als hätte es ein solches nicht gegeben. Niemand interessierte sich

für eine Kleinstadt im Süden und für ein Mittelgebir-
ge, wenn es dort schließlich irgendwo die Alpen gab. Die
kannte man, die Zugspitze auf jeden Fall, die Alpspitze
schon weniger, einen Berg namens Himmelreich in den
Ausläufern der Schwäbischen Alb überhaupt nicht. Auch
nach Lene fragte Olaf nie, er schien sich nicht mehr an
ihre Freundin zu erinnern.

Maja dachte oft an Lene, sie telefonierte mit ihr. Sie
telefonierte auch mit ihren Eltern. Sie sagte, es ginge ihr
bestens und Hamburg sei eine großartige Stadt. Dass sie
kaum Zeit dafür hatte, diese Stadt kennen zu lernen, ver-
schwieg sie. Ihr Vater fragte.

»Warst du schon am Hafen, in den Speichern?«

Maja sagte: »Das kommt noch, Papa, du weißt ja, am
Wochenende gehen wir vor allem auf Häusle-Suche.«

Am Telefon genoss es Maja, ihren schwäbischen Dialekt aufzuwärmen. In Hamburg bemühte sie sich um
eine gehobene Aussprache mit süddeutscher Klangfär-
bung, was ihr ganz gut gelang, obwohl sie es als anstrengend empfand, sich ständig zu verstellen. Wenn sie mit
Lene telefonierte, badete sie geradezu in den heimatli-
chen Tönen und benutzte Wörter, die sie im Elternhaus
niemals verwendet hätte. Lene spielte mit, kam ihr da
entgegen, hatte Spaß dabei. Nach Olaf fragte sie nicht.
Sie hatte jetzt einen Freund, Wolfgang hieß er, war
Gymnasiallehrer, und Lene sagte, sie habe ihren Traum-
mann gefunden.

»Du wirst ihn mögen, Maja. Sobald ihr auf Besuch
kommt, gehen wir zusammen wandern. Wolfgang wan-
dert gern, und Helmut muss ja auch mal unsere Berge
kennenlernen. Unbedingt.«

Maja und Helmut zelteten im Urlaub an der Nordsee. Wenn der Wind das Zelt aus der Verankerung reißen wollte, und Maja sich auch bei Tag in ihren Schlafsack flüchtete, beschwichtigte Helmut sie.

»Warte ab, wenn wir erstmal in unserem Häuschen wohnen, einen Garten haben, fahren wir nirgendwo hin, zu Hause ist es immer noch am Schönsten.«

Sie fuhren auch ohne das Häuschen nirgendwo hin, denn nun kam erst einmal Charlotte, Lotti, Purzelchen, und Helmut spielte verrückt. Wenn er am Abend von der Arbeit kam, war Maja abgemeldet, konnte sich aufs Sofa legen. Das tat sie gern. Der Tag mit dem Baby hatte sie müde gemacht. Es war eine Müdigkeit, die sie nicht kannte, eine grundlose Müdigkeit, denn das Kind war ruhig und zufrieden und stellte keine weiteren Ansprüche, als gefüttert und gewickelt zu werden. Es schlief viel, schrie kaum und überraschte seine Mutter nach wenigen Wochen mit einem plötzlichen Lächeln, das eindeutig ihr zu gelten schien. Daran hatte Maja nicht gedacht, dass Babys lächeln würden, scheinbar grundlos aus reinem Vergnügen am Dasein. Sie stand vor dem Wickeltisch, war gerührt und küsste das Kind auf den Bauch. Da lachte es wieder, gluckste ein bisschen. Maja wollte es wissen. Sie pustete auf das runde Bäuchlein immer und immer wieder, und Charlotte zappelte, öffnete ihren kleinen zahnlosen Mund und fuhr Maja mit ihren winzigen Händen in die Haare, die ihr in die Stirn gefallen waren.

Sie ging einkaufen. Der nächste Supermarkt befand sich zwei Straßen weiter, zwischen einer Tankstelle und einer Dönerbude. Helmut hatte auf einen exklusiven

Kinderwagen für seine Tochter bestanden. Maja sollte
mit Stolz ihr Kind ausfahren, eine schöne junge Mutter
mit einem schönen Kinderwagen sollte sie sein.

Er zeigte Fotos im Betrieb. Die Kollegen sagten: »Gut
gemacht Helmut«, die beiden Sekretärinnen schwärm-
ten »Ach wie süß« beim Blick auf das schlafende Baby
und seine mädchenhaft wirkende Mama. Die Kassiere-
rinnen im Supermarkt lachten Maja entgegen, wenn sie
mit ihrem Kinderwagen in der Kundenreihe an der Kasse stand. Sie beugten sich über das Laufband um einen
Blick auf die Kleine zu werfen.

»Ganz schön munter ist meine Lotti heute, sie lacht mich
an, mein Gott, sie lacht mich an«, sagte eine Kassiererin, die
ebenfalls Lotti hieß. So stand es auf einem schmalen Na-
mensschild an ihrer Firmenschürze. Maja wusste, dass sie
vier Kinder und einen kranken Mann zu versorgen hatte.

Der Einkauf im Supermarkt war Majas Tagesereig-
nis. Sie ließ sich viel Zeit an der Käsetheke, naschte von
Probewürfeln, die mit bunten Plastikstäbchen bespickt in
einer Schale auf dem Tresen angeboten wurden. Helmut
aß gerne Wurstbrote in der Arbeitspause, also verlangte
sie frischen Aufschnitt. Als sie im Frischeregal Schwabenmilch aus Biohöfen von der Schwäbischen Alb entdeckte, kamen ihr plötzlich die Tränen. Sie beugte sich
über ihr Baby, niemand sollte sie weinen sehen.

Der Supermarkt besaß eine gut sortierte Drogerie-
abteilung. Sie kaufte Flaschennahrung für Charlotte,
winzige Söckchen und manchmal eines der rosaroten
oder weißen Mädchenkleider für Mädchenbabys, die in
einem rosaroten Plastikregal auf winzigen Plastikbügeln
hingen und Maja an ihre Puppenausstattung erinnerten.

Sie tat es, um sich eine Freude zu machen, um die Schwabenmilch zu vergessen, um am Abend Helmut mit einer kleinen Prinzessin zu überraschen, die passend zum neuen Kleid ein rosarotes Schleifchen im feinen Babyhaar trug. Helmut würde in die Hände klatschen, seine Tochter in die Höhe halten, eine zappelnde Luftgängerin, die ihre Füße auf seine Nase setzte. Mein Purzelchen, meine Prinzessin, würde er sagen, und sein Lottikind nicht mehr aus den Händen geben. Regelmäßig wickelte er seine Tochter, gab ihr das Abendfläschchen und legte sie zu Bett. Das Bettchen stand im halben Zimmer, das eher als Ankleide- oder Abstellraum geplant worden war und weniger als Kinderzimmer. Ein winziges Fenster sorgte für spärliches Tageslicht und frische Luft. Die Schiebetür zum Elternschlafzimmer wurde in Lottis Kinderjahren selten geschlossen.

Maja schickte Fotos nach Hause, schrieb Briefe an die Eltern. Es ginge ihr gut, Lotti sei ein fröhliches Kind, finge an zu krabbeln, zwei Zähne im Unterkiefer seien durchgebrochen. Sie säße jetzt bereits im Sportwagen, das gefiele ihr der besseren Aussicht wegen. Dann schrieb Maja, mit der Aussicht sei es hier allerdings so eine Sache, eine ziemlich öde Sache sei das hier. Zwischen Wohnblocks und Industriebetrieben spazieren zu gehen, mache keinen Spaß. Lotti sei das egal, sie begeistere sich an den Spatzen, die sich im Rinnstein um Krümel streiten, an Hunden und Fahrrädern. Zu allem was fliegt, fährt oder auf vier Beinen läuft sage sie oi.

»Ich hoffe, sie lernt trotz der wenig anregenden Umgebung noch weitere Wörter, ich bin mir da allerdings nicht so sicher.«

Majas Mutter sagte zu Majas Vater: »Das klingt ja gar nicht gut.«

Sie schrieb ihrer Tochter einen Brief, bedauerte sie und fragte an, wie weit denn die Suche nach etwas Eigenem gediehen sei.

»Ihr wolltet doch ein Reihenhaus suchen, was ist denn nun damit?«

Mit dem Häuschen wollte es nicht klappen. Was ihnen gefiel, war zu teuer, was bezahlbar gewesen wäre, gefiel ihnen nicht. Von jedem Besichtigungstermin kamen sie frustrierter nach Hause, als sie schon waren. Helmut sagte:

»Ich glaube, wir müssen das Ganze mehr dem Zufall überlassen und uns in nichts verbohren. Ich habe keine Lust mehr, mein Wochenende mit Immobiliensuche zu verbringen. Ich frag mal meine Kollegen, ob sie einen Tipp für uns haben. Warten wir es ab.«

Sie warteten zehn Jahre lang. Aus Lotti war Charlotte geworden. Maja hatte auf den Gebrauch des vollen Namens und auf ein eigenes Zimmer für ihre Tochter bestanden. Charlotte besuchte seit kurzem das Gymnasium, war eine gute Schülerin, hatte trotz der sie umgebenden Wohntristesse einen ansehnlichen Wortschatz erworben, den sie gerne mit kritischen Untertönen vor ihren Eltern zum Besten gab. Maja sagte zu Helmut:

»Wie stellst du dir das vor, soll unsere Tochter am Küchen- oder Couchtisch ihre Hausaufgaben machen?«

Im selben Jahr zogen sie in ein neues Reihenhaus in einem anderen Vorort, in Alsternähe. Ein Spazierweg entlang des Flussufers hatte für Maja den Ausschlag gegeben. Sie konnten sich jetzt leisten, was vor einigen

Jahren noch nicht möglich gewesen war. Maja arbeitete wieder, ihr ehemaliger Chef hatte ihr eine Halbtagsstelle angeboten. Sie fuhr morgens mit der S-Bahn in die Innenstadt, gemeinsam mit Charlotte am frühen Nachmittag nach Hause. Gekocht wurde am Abend, noch immer stellte sich Helmut gerne nach seiner Arbeit an den Herd, noch immer sagte er, dass Kochen eine schöne entspannende Sache für ihn sei. Helmut verdiente inzwischen als Abteilungsleiter wesentlich mehr. Eine Tante hatte ihm außerdem ein Barvermögen hinterlassen, mit dem sie ihre Finanzierungslücke schließen konnten. Sie leisteten sich nicht nur ein Haus, auch Urlaub an der Ostsee, zweimal in Frankreich, und immer wieder in der Lüneburger Heide, der Wachholdersträucher und Schafherden wegen.

Sie trafen sich am Wochenende mit den Nachbarn. Im Sommer wurde gegrillt und wechselweise in die kleinen Gärten eingeladen. Die Gastgeber kauften Fisch, Fleisch und Würste, die Frauen sorgten für Beilagen. Im Winter trafen sie sich am Samstagabend in den jeweiligen Partykellern. Von den Hausherren in Eigenleistung entworfen und ausgebaut waren sie der Stolz ihrer Besitzer. Die Männer prüften in gegenseitigem Einverständnis die Wandverkleidungen und bewunderten die Vielzahl der Steckdosen. Helmut wurde für seine Installation einer indirekten Beleuchtung gelobt.

Er sagte: »Ich bin Starkstromelektrikermeister, kein Problem für mich.«

Er bot Nachbarschaftshilfe bei Leitungsschaden an.

»Meldet euch, wenn das Licht ausgeht, und lasst vor allem die Finger vom Starkstrom.«

Er wurde beim Wort genommen, schloss beim Nachbarn nebenan den neuen Elektroherd an, verlegte bei einem anderen die Deckenbeleuchtung im Schlafzimmer. Waren sie Freunde? Maja wusste es nicht. Sie verstanden sich gut, hatten Spaß an den selbstgebauten Bartheken, saßen auf Barhockern und tranken Bier. Die Frauen tranken Wein, Saft, manchmal Sekt. Im Lauf des Abends servierten die Gastgeber Fischbrötchen oder Salate, Maja überraschte die Runde mit schwäbischen Maultaschen nach einem Rezept ihrer Mutter. Vier Frauen, vier Männer, eine Wochenendfreundschaft, oder mehr? Eine Freundin fand Maja nicht. Die Gruppe funktionierte als Gruppe, mit den Einzelnen traf man sich nicht. Maja konnte sich nicht vorstellen, mit einer der Nachbarinnen allein zu sein, in einem Café, in ihrem Wohnzimmer, auf einem Spaziergang. Nach wie vor war Lene ihre Vertraute. Regelmäßig telefonierte sie mit ihrer Freundin.

Maja ging es besser. In den letzten Jahren hatte sie mit Charlotte und ohne Helmut ihre Eltern besucht, der Tochter ihre Heimat gezeigt. Zu ihrer Überraschung wanderte Charlotte gern, liebte es, mit Maja nach einer Tagestour in einem Wirtshaus einzukehren, Spätzle und Sauerbraten zu essen. Charlotte versuchte sich erfolgreich im Dialekt ihrer Mutter, sagte, sie entdecke gerade ihre wahre Muttersprache, deren Spuren Maja vor vielen Jahren bereits im Lottibaby angelegt zu haben schien. Nach wenigen Tagen bei den Großeltern kam aus Charlottes Mund ein behäbiges Schwäbisch, zur Freude von Maja, Oma und Opa. Kaum zurück in Hamburg legte Charlotte ihren Sprachschalter um, wechselte von der Mutter- in die Vatersprache, problemlos, intuitiv, perfekt.

Sie absolvierte mit Leichtigkeit ihre Gymnasialzeit, hatte Freundinnen, manchmal Liebeskummer, der zum Glück recht schnell verflog. Sie schaffte ein gutes Abitur, bekam ein Praktikum in einem Hamburger Verlag, nur mal so zum Schnuppern. Ein genaues Berufsbild hatte sie noch nicht. Sie denke an etwas Soziales, sagte sie.

Alles war besser und doch nicht gut. Majas Mutter starb überraschend an einer Embolie. Maja war untröstlich. Am Tag davor wollte sie mit ihrer Mutter telefonieren, war dann zu müde gewesen um es zu tun. Ich rufe sie morgen an, hatte Maja überlegt, morgen freut sie sich auch, und morgen ist Samstag, ich muss nicht zur Arbeit, da nehme ich mir Zeit für Mama, da passt es mir gut.

Maja war zerstört. Die brutale Realität eines Versäumnisses nahm ihr alle Kraft, nächstliegendes zu bedenken oder auszuführen. Sie war auf dem Sofa gesessen und hatte zum Fenster gestarrt, in dem es nichts zu sehen gab. Sie war allein im Haus gewesen, als der Anruf kam.

»Maja«, hatte ihr Vater gesagt, »Mama ist heute gestorben. Sie lebt nicht mehr, der Arzt war hier, er sagte, dass sie tot ist.«

Helmut war im Fußballstadion, Charlotte bei einer Freundin. Lange dachte sie gar nichts. Sie fiel in eine Leere, als fiele sie in Tiefschnee, der über ihr zusammenbrach. Kein Geräusch außer dem des eigenen Herzschlags drang an ihr Ohr. Schließlich legte sie sich in die Polster und kroch unter ihre Sofadecke, zog sie weit über die Ohren und schloss die Augen. Als Charlotte nach Hause kam, fand sie ihre Mutter in einem Tiefschlaf, aus dem sie nicht erwachen wollte.

Nach dem Tod der Mutter warf Maja sich vor, ihre Eltern vernachlässigt, sie aus egoistischen Gründen verlassen zu haben. Eine Wand schob sich zwischen sie und allem, was sie umgab, die Stadt, den Fluss, das Meer, das Haus, ihre Arbeit. Helmut und die Tochter wurden zu Randfiguren eines veränderten Bewusstseins. Ihr bisheriges Leben und ihre Umgebung betrachtete sie mit feindseligen Augen. Sie verstand nicht mehr, warum sie hier lebte, wie es dazu kommen konnte, was sie hier wollte und zu suchen hatte. Sie ging durch ihre Tage wie unter einer schwarzen Wolke, die sich im Sinkflug auf ihr niederließ. Sie kapselte sich ab, sprach wenig, erkrankte an einer Grippe, die sich hinzog, litt an chronischem Husten infolge einer akuten Lungenentzündung. Sie magerte ab. Ihr Hausarzt schrieb sie für ein Vierteljahr arbeitsunfähig. Als es ihr etwas besser ging, kündigte sie ihre Arbeitsstelle und beschloss, eine Auszeit zu nehmen. Charlotte und ihr Vater kämen ohne sie zurecht, sie waren ein gutes Gespann, sie liebten sich.

»Ich möchte eine Auszeit nehmen, brauche Zeit für mich«, sagte Maja beim Abendessen.

Helmut sagte: »Die hast du doch mehr als genug.«

»Ich meine nicht die Zeit auf dem Zifferblatt, ich meine, dass ich allein sein möchte, ich muss mich sammeln, innerlich zur Ruhe kommen«, sagte Maja.

»Und was heißt das jetzt genau«, wollte Helmut wissen.

»Ich fahr nach Hause«, sagte Maja.

Helmut war schockiert, gleichzeitig besorgt.

»Was willst du denn zu Hause? Dein Vater ist ja nun auch nicht gerade eine Stimmungskanone, die dich aufmuntern könnte, euer altes Haus, in dem er lebt, kein Erholungsheim. Überall fällt der Putz von den Wänden.

Am Ende stehst du noch auf einer Leiter und spachtelst Löcher zu. Melde dich zu einer schönen Kur an der Ostsee an, die Kasse bezahlt das.«

Er war verwirrt, befürchtete insgeheim, Maja könnte mehr als eine Auszeit im Auge haben. Allein das Wort Auszeit machte ihm Angst. Er konnte es nicht leiden, dieses Wort, das in seiner Welt nicht existierte. Noch nie hatte im Betrieb irgendjemand eine Auszeit genommen, obwohl dort hart gearbeitet wurde. Man nahm Urlaub. Man wurde krank, wieder gesund, arbeitete weiter, verlor darüber kein Wort. Auszeit, was war das? Man konnte doch nicht einfach alles stehen lassen und rausgehen, aus was denn, aus der Familie, aus den Verpflichtungen, aus dem Leben? Ging man raus, kam man nicht wieder rein, das war die Wahrheit. Auszeit war für Helmut der Anfang vom Ende. Er legte seine Gabel in den Teller, der Appetit am Heringssalat war ihm vergangen.

Charlotte sagte: »Finde ich gut, was Mama vorhat, ist doch super. Denk mal nach Papa. Du bist hier geboren, lebst immer in deiner Heimat, musst dich nie danach sehnen, kannst aus der Haustür treten und schon bist du drin. Mama hat ihr Zuhause aufgegeben, und obwohl es dort sehr, sehr schön ist, ist sie zu dir gezogen. Jetzt lass sie mal so richtig Heimatluft schnuppern, das ist die beste Therapie die sie bekommen kann.«

Maja schlug die Hände vors Gesicht und weinte so richtig herzzerbrechend und schier endlos. Charlotte legte ihre Arme um sie und sagte:

»Mama, fahr nach Hause, du brauchst das, es wird dir helfen.«

Helmut trank einen Schnaps.

Seit der Beerdigung hatte Maja ihren Vater nicht mehr gesehen. Er holte sie am Bahnhof ab. Er war im Taxi zum Bahnhof gefahren, mit einem Taxi fuhren sie nach Hause.

»Was ist mit deinem Auto«, fragte Maja, »läuft die alte Karre nicht mehr?«

»Ach, das Auto ist in Ordnung, aber ich benutze es so selten, ich bin ein bisschen aus der Übung.«

Er war verändert, Maja sah es mit Sorge. Zeitlebens hatte er sich gerade gehalten, hatte noch aufrecht am Grab seiner Frau gestanden, jetzt ging er leicht gebückt, als suche er etwas auf dem Boden. Er ging wie einer, der etwas verloren hat. Er vergaß manches, suchte nach dem richtigen Wort, verlegte ständig seine Brille, auch anderes. Maja ging mit ihm spazieren. Er nahm gern ihren Arm, er sagte:

»Siehst du, Mama nahm immer meinen Arm, jetzt nehme ich deinen, das tut gut.«

Auch Maja tat es gut. Sie besuchten zusammen die Plätze in der Stadt, die ihre Mutter geliebt hatte, tranken Kaffee in ihrem Lieblingscafé. Sie saßen im Schlossgarten und tranken Sekt im kleinen Rokokoschloss, in welchem die Eltern Hochzeit gefeiert hatten. Ihr Vater sagte:

»Es ist so schön, dass ich dich wiederhabe, Maria.«

Er sagte Maria, nicht Maja, er sagte den Namen ihrer Mutter.

Sie gingen in das Münster, in jene Kirche, in der die Eltern sich das Jawort gegeben hatten, Maja die Erstkommunion empfangen hatte, die Mutter verabschiedet worden war. Sie saßen in der ersten Bank, nahe an den Altarstufen. Der Vater griff nach Majas Hand. Jemand spielte auf der Orgel, leise, die Töne schienen von weit her zu kommen. Maja sah nach oben in das Netzgewölbe der hohen Hallenkirche. Sie suchte die goldenen Sterne an den Schnittpunkten der Kreuzrippen. Als Kind hatte sie die Sterne gezählt, hatte geglaubt, hinter dem Kirchendach öffne sich der Himmel, das Himmelszelt, das Firmament. Firmament, ein Wort das ihr heute noch besonders gut gefiel. Weißt du, wieviel Sternlein stehen, hatte ihre Mutter gesungen, und Maja konnte eines Tages Auskunft geben. Sie hatte sie gezählt.

Die Decke ein Firmament, das Haus eine Arche. Breit und gleichzeitig hochstrebend lag das Kirchenschiff auf einem weiträumigen Platz, umgeben von einem Kranz aus Altstadthäusern. Es schien, als lehnten sich ihre spitzen Giebeldächer altershalber aneinander, als stützten sie sich gegenseitig. Schmale Gässchen drängten durch den Häuserring. Maja kannte sie alle. Als sie im Religionsunterricht die Geschichte von Noah und seiner Arche hörte, hatte Maja keine Sekunde daran gezweifelt: Noahs Arche stand in ihrer Stadt. Die Tiere zwängten sich durch die Gässlein, Elefanten, Giraffen, Nashörner, Kühe, Esel und Pferde durch die etwas breitere Pfarrgasse, Raubtiere durch die schmale Badgasse, und durch das enge Turmgässchen hastete Kleinvieh wie Enten, Hühner, Hasen, Schafe, von jeder Hunderasse ein Paar, Katzen, Mäuse und alles was sonst noch auf vier Beinen lief. Vögel überflogen den Häuserring und landeten auf den Rücken der großen Tiere oder liefen aufgeregt zwischen deren Beine hin und her. Die Tiere versammelten sich friedlich auf dem Münsterplatz, und Noah geleitete sie paarweise durch die hohen gotischen Spitzbogentore, gewährte ihnen im Inneren des Schiffes Asyl. Sie waren geborgen bis zum Ende der Sintflut. Als Kind sah sich Maja als Schäfchen, das Noah ausnahmsweise zusammen mit seinen Schafeltern in die Arche traben ließ. Hätte er das nicht erlaubt, hätten die Eltern das Angebot dankend abgelehnt, denn ohne ihre Maja hätten sie niemals das rettende Schiff betreten.

Maja kam zur Ruhe. Immer kam sie in dieser Kirche zur Ruhe, fühlte sich geborgen, gerettet. Sie kannte jeden Winkel dieses Gebäudes. Im Kapellenkranz rund um den Hochaltar brannten stets Kerzen und warfen flackerndes Licht auf die Altäre in den dunklen Nischen. Auf einem steinernen Sarkophag lag die lebensgroße Statue des toten Jesus. Sein Unterleib war mit einem schmalen Tuch aus weißem Leinen bedeckt, das der Mesner mehrmals im Jahr wusch, bügelte und wieder auflegte. Maja war als Schulkind von der sehr realistischen Darstellung des Leichnams fasziniert und fürchtete sich gleichzeitig vor seinem Anblick. Am Karfreitag kniete sie neben ihrer Mutter vor dem blumengeschmückten Steinblock und wartete darauf, dass der Tote sich plötzlich erheben, die Augen aufschlagen, sie ansehen würde.

Sie ging mit ihrem Vater von Nische zu Nische, zündete Kerzen an und steckte sie auf die Dornspitzen eines schwarzen Eisenständers. Eine Kerze für die Mutter, eine für Helmut, eine eigene für Charlotte

Ihr Vater fragte: »Wer ist Helmut?«

Maja kaufte ein, kochte zu Mittag. Sie kochte was ihr Vater gerne aß, schob Kuchen ins Backrohr. Ihr Vater saß am Küchentisch. Er legte die Arme auf den Tisch und verschränkte die Hände. Mit glänzenden Augen sah er Maja bei der Arbeit zu.

Er sagte: »Wie habe ich nur eine solch begnadete Köchin verdient, dein Leben lang hast du mich verwöhnt.«

Maja sagte: »Papa, du hast mehr als das verdient, glaub mir.«

Der Vater sah Maja staunend an, lange dachte er nach, dann sagte er: »Wie du meinst.«

Maja war sich nicht sicher, ob der Vater in ihr die Tochter oder seine Frau sah. Manchmal sagte er Maja, dann wieder Maria zu ihr. Helmut war sein Schwiegersohn, Charlotte seine Enkelin, das hatte er mittlerweile verstanden, eher akzeptiert, doch erinnern konnte er sich nicht an sie.

»Bei all den vielen Leuten die ich kenne, wie sollte ich mich da an sie erinnern.«

Maja traf sich mit Lene. Sie besprach das mit Lene und Wolfgang, ihrem Mann. Wolfgang sagte, es sei gut, dass ihr Vater Gesellschaft habe, die Einsamkeit schade ihm, ältere Menschen profitierten vor allem von sozialen Kontakten.

»Es ist so gut, dass du hier bist Maja«, sagte Lene und streichelte ihre Hand.

Lene hatte Maja zum Abendessen eingeladen.

»Ich weiß nicht, ob ich meinen Vater allein lassen kann«, hatte Maja überlegt, »er gewöhnt sich gerade so an mich.«

»Er hat jetzt die ganze Zeit allein gelebt, warum soll er das nicht mehr können, du wirst wohl nicht immer bei ihm bleiben, also darfst du ihn nicht allzu sehr verwöhnen.«

»Du hast ja recht,« hatte Maja gesagt.

Maja kochte ihrem Vater eine Suppe mit Rindfleisch, Kartoffeln und Spätzle.

»Geh du nur zu deiner Freundin«, sagte der Vater, »die Suppe mache ich mir warm. Früher hast du oft den Gaisburger Marsch gekocht, in letzter Zeit nie, jetzt freu ich mich doppelt darauf.«

Lene hatte auch gekocht. Sie aßen Rindsrouladen, tranken Rotwein. Wolfgang war Weinkenner. Er kredenzte einen leichten Trollinger, von dem man gerne ungestraft ein Glas mehr trinken könne, sagte er und goss nach. Maja war von Lenes Mann angetan. Er gefiel ihr. Aufmerksam hörte er Maja zu, nickte manchmal, sein teilnehmender Blick kam aus samtbraunen Augen. Braune glatte Haare fielen ihm immer wieder in die Stirn. Er schob sie mit einer bedächtigen Geste zur Seite. Maja dachte, Wolfgang ist einer, dem man sofort vertraut, dem ich auf einem Bahnsteig bedenkenlos mein ganzes Gepäck überließe, um mir einen Kaffee zu besorgen. Sie dachte, dass Lene Glück gehabt habe mit diesem Mann, dass sie alles richtig gemacht habe.

Lene sagte: »Du könntest mit Helmut hier leben, Elektrikermeister sind überall gefragt.«

»Oh Gott nein, es würde Helmut umbringen, müsste er Hamburg verlassen, das weiß ich. Helmut sagt, einer der vom Wasser kommt, kann nicht im Trockenen leben, er würde eingehen, wie ein Fisch, der auf Land geworfen wird.«

Wolfgang schaute sie freundlich an. Er sagte: »Und du Maja, was ist mit dir, wie geht es dir damit, hast du in umgekehrter Weise dasselbe Problem, du kommst vom Binnenland ans Wasser, wenn man das vergleicht, müsstest du eigentlich dort oben ertrinken.«

»Vielleicht ertrinke ich auch«, sagte Maja und kämpfte mit den Tränen.

Lene und Wolfgang hatten sich im Haus von Wolfgangs Eltern gut eingerichtet. Wolfgang sagte:

»Meinen Eltern war das Haus zu groß, der Garten auch, sie wohnen jetzt in einem Appartement auf der Südsteige, mit Blick in die Berge. Wir besuchen sie oft, wandern mit ihnen, das lieben sie.«

Lenes Eltern lebten nicht mehr. Sie hatten zeitlebens in Miete gewohnt. Von einem eigenen Haus hatte Lene immer geträumt, Wolfgang hatte ihr diesen Wunsch erfüllt und andere auch. Maja konnte es sehen. Nach dem Abendessen saßen sie in schweren Ledersesseln, tranken Espresso und sprachen über ein Bild, das Wolfgang bei einer Auktion erstanden hatte. Es hing über einer Kommode, die Lene in einem Antiquitätengeschäft entdeckt hatte. »Ich habe mich in die Kommode verliebt, ich musste sie haben, sie ist aus der Zeit des Klassizismus«, sagte Lene. Das Bild darüber, ein Mädchenportrait aus dem neunzehnten Jahrhundert, zarte Töne in blau, gelb, das Mädchen im weißen Kleid, im dunklen Haar ein blaues Band mit einer schlaff hängenden Schleife. Es hielt einen Strauß Feldblumen in den Händen, und schaute versonnen auf die bereits welkenden Blüten.

Maja sagte: »Das Mädchen scheint traurig zu sein, die Blumen welken, die Schleife schwächelt, auch die Schultern des Mädchens hängen, alles zieht nach unten, seltsam.«

»Genau das hat mich an dem Bild so fasziniert«, bekannte Wolfgang. Die Melancholie in dem Portrait ist greifbar, drückt sich in Details aus wie der Schleife, den Blumen, aber auch im Blick des Mädchens. Die dunklen Augen, die scheinbar auf den Blumen ruhen, doch eigentlich ins Leere schauen, vielleicht in eine Erinnerung blicken, lassen ein trauriges Erlebnis oder Schicksal vermuten.«

Lene sah keine Trauer in dem Bild. »Wahrscheinlich ist das Mädchen einfach nur müde, war mit den Eltern auf einem Sonntagsspaziergang, hat Blumen gepflückt. Die Mutter hatte gewarnt. Lass die Blumen stehen. Bis wir daheim sind, lassen sie die Köpfe hängen. Ein warmer Tag, ein weiter Weg, die Blumen bekamen Durst, das Kind auch. Der Vater, ein Kunstmaler, griff, zu Hause angekommen, sofort zu Stift und Papier, bat die Tochter für eine schnelle Skizze ruhig zu sitzen, versprach ihr zur Belohnung eine Limonade, den Blumen Wasser. Künstlerkinder haben es oft schwer, ständig ruht ein wachsames Künstlerauge auf ihnen. Ich las das über Carl Larsson. Dessen Kinder beklagten sich oft bei der Mutter, oder suchten das Weite, wenn sich ihr Vater näherte. Sie wollten nicht ständig Modell sitzen.«

»Wie auch immer, es ist ein wunderschönes Bild, es gefällt mir sehr«, sagte Maja.

Sie dachte an die Segelschiffe an ihren Hamburger Wohnzimmerwänden. In tintenblauen, schaumgesäumten Wellen, vor orange leuchtendem Sonnenaufgangshimmel, gingen sie auf große Fahrt. Sie dachte an das Fischernetz, das die Wand im Treppenhaus vom Unter- bis in den Oberstock bekleidete. Muscheln und Seesterne hingen in seinen Maschen. Über ihrem Ehebett räkelte sich eine Nixe in Querformat, den Kopf auf eine Hand gestützt, den Schwanz erhoben. Ihre Schuppen leuchteten in den Farben des Regenbogens, ihr Haar glich Tang, Arme und Gesicht schimmerten bleich wie die Haut einer Wasserleiche. Sie hatte dieses sehr große Bild nicht verhindern können. Helmut hatte es von seinen Eltern geerbt. Auch über deren Schlaf hatte die Nixe jahrelang mit gläsernen Augen gewacht.

Ein Rettungsring mit Wurfseil hing in der Toilette. Ein Steuerrad über der Eckbank in der Kombüse, wie Helmut die Küche mit offenem Essbereich nannte. Helmut hatte nach und nach für ein beeindruckendes Seefahrtambiente gesorgt, ohne Maja zu fragen. Er konnte sich nicht vorstellen, dass ihr nicht gefallen würde, was ihm gefiel. Und Maja ließ es geschehen, lachte über den Rettungsring, das Steuerrad, lachte mit den Nachbarn, die Helmuts Einfälle witzig fanden und ihn dafür lobten.

Etwas legte sich schwer auf Majas Brust. Wie hatte sie so lange zwischen all diesen Scheußlichkeiten leben können, ohne aufzubegehren. Das Fischernetz war nicht nur hässlich, es verstaubte. Spinnen nisteten sich darin ein. Maja fuhr regelmäßig mit dem ausgefahrenen Staubsaugerrohr zwischen die Maschen und versuchte sie einzufangen. Die Spinnen flüchteten, nur wenige landeten im Rohr.

Warum hatte sie das Netz nicht einfach von der Wand genommen? Jeden Tag hätte sie es tun können. Sie hätte es aus den Haken nehmen, samt Muscheln und Seesternen einrollen, und Helmut vor vollendete Tatsachen stellen können: entweder das Netz oder ich. Sie kannte Vergleichbares. In der Nachbarschaft hatte eine Frau ihrem Mann ein Ultimatum gestellt, entweder kommt das Reptil aus dem Haus, oder ich hau ab. Das Chamäleon kam samt Terrarium aus dem Haus, schneller als sie gedacht hatte. Was hinderte Maja daran, eine Forderung zu stellen? War sie gleichgültig geworden, oder scheute sie einen Streit mit Helmut?

Statt der grellbunten Schiffsbilder hätte sie sich sanfte Landschafts- und Blumenbilder in ihrem Wohnzimmer gewünscht. Sie liebte die Arbeiten von Renoir und Degas. Helmut hatte sie in Hamburg ein einziges Mal in eine Ausstellung begleitet, in eine Ausstellung impressionistischer Bilder. Brav hatte er vor der Zauberwelt der Lichtmaler gestanden, hatte in die Seerosenteppiche von Monet gestarrt, die Balletttänzerinnen von Degas studiert, er hatte Interesse gezeigt, Maja zuliebe, er hatte sich bemüht.

»Wir könnten einen dieser wunderbaren Kunstdrucke kaufen und ihn rahmen«, hatte Maja vorgeschlagen. »Über der Anrichte wäre noch Platz für ein Blumenbild.«

Helmut wollte keine Drucke rahmen. Er sagte: »Ein Bild ist entweder handgemalt, oder es ist kein echtes Bild. Unsere Segelschiffe sind vom Künstler mit Ölfarben auf Leinwand gemalt, Strich für Strich, das ist Qualität, und sie waren ja auch nicht billig. Du weißt, ich kaufte sie damals auf der Seefahrtmesse. Ein Druck zieht Feuchtigkeit, wirft Wellen unter dem Glas, also bitte, wie sieht das aus.«

Helmuts pragmatischen Argumenten wusste sie nichts entgegen zu setzen. Sie kaufte sich irgendwann einen Bildkalender und hängte ihn über ihren Toilettentisch.

»Na also«, sagte Helmut, »jetzt hast du deine Ballettmädchen, deine Blumensträuße und Sommerwiesen, und jeden Monat ein anderes Motiv, gefällt mir auch, so ist es nicht.«

»Dir gefielen Tulpen«, sagte Maja.

»Wieso Tulpen, wie kommst du denn auf Tulpen?«

Maja telefonierte mit Helmut, mit Charlotte.

»Geht es dir endlich besser?«, fragte Helmut.

»Mama, lass dir Zeit«, sagte die Tochter, »wir kommen bestens klar.«

Maja band sich ein Tuch um den Kopf, stieg auf eine Bockleiter und klopfte losen Putz von den Wänden.

»Wir fangen mal mit der Küche an«, sagte sie zu ihrem Vater.

»Wenn du meinst«, sagte er.

Er schob mit dem Handbesen Gipsbruch auf die Kehrichtschaufel, warf ihn in einen Plastikeimer. Sie tranken Bier aus der Flasche, sie rülpsten, lachten, und der Vater sagte:

»Wie du das machst Mädle, alle Achtung.«

Jetzt war sie Maja, seine tüchtige Tochter, konnte nur Maja sein, denn seine Frau hätte niemals Putz von Wänden geschlagen. Maja fiel auf, dass ihr Vater durch handwerkliche Arbeit seine geistigen Fähigkeiten mobilisierte. Das machte sie glücklich. Sie beschloss, ihn immer wieder mit Arbeiten herauszufordern, ihn zu befragen, seinen Rat zu erbitten.

Sie fuhren mit seinem alten Mercedes zum Baumarkt.

»Papa, du fährst«, bestimmte Maja.

»Wenn du meinst«, sagte der Vater.

Er machte alles richtig, beachtete die Verkehrsregeln, er konzentrierte sich. Er war stolz.

Sie kauften Füllmasse und breite Spatel, der Vater ging zwischen den hohen Regalwänden hin und her,

verglich das Angebot: »Jetzt wird nicht gespart, wenn wir
uns schon die Arbeit machen, wird nicht gespart.«

Sie nahmen den teuersten Feingips, die besten Spatel,
sehr gute Wandfarbe, zwei Farbroller mit Plastikwannen
und Abdeckfolie. Maja schob den Einkaufswagen. Sie
kaufte noch eine gelbe Topfrose in der Gartenabteilung,
ihr Vater eine kleine Plastikgießkanne. Er legte sie nicht
auf den Wagen, er trug sie zur Kasse.

Er sagte. »Wie leicht sie ist. Ich schlepp mich doch
nicht mehr mit den großen Metallkannen ab, da lauf ich
lieber öfter hin und her, laufen ist schließlich gesund.«

Der Vater hatte wieder eine Tochter. Er sagte nie
mehr Maria, er sagte Maja. Gewissenhaft mischte er die
Gipsmasse an, spachtelte sorgfältig die schadhaften Stellen in der Küchenwand aus. Sie arbeiteten zu zweit, so
ging es zügig vorwärts. Nach drei Tagen kochte Maja in
einer frisch gestrichenen, blendend weißen Küche Gu-
lasch, schabte Spätzle in kochendes Wasser, und legte
zur Feier der gelungenen Arbeit eine Tischdecke auf den
Küchentisch.

»Heute essen wir in der Küche, im schönsten Raum
des Hauses, und nächste Woche machen wir uns über das
Wohnzimmer her, was meinst du Papa, bist du dabei?«

»Bin ich«, sagte ihr Vater.

Sie schoben im Wohnzimmer Möbel von den Wänden und schützten sie mit Abdeckfolie. Jetzt stand der
Vater im Unterhemd auf der Leiter und klopfte die Wände ab. Er hatte seinen alten Strohhut auf dem Kopf.

Er freute sich, wenn er auf eine Gipsblase stieß, er
sagte: »Aha, da haben wir wieder eine« und schlug sie
mit dem Griff des Spatels entzwei.

Genüsslich schabte er die losen Platten des Aufputzes von der Wand. Er begann zu pfeifen. Er pfiff den Radetzkymarsch, die Ode an die Freude, Wanderlieder.

Maja sagte: »Papa sag mal, wann warst du denn zum letzten Mal wandern, so richtig wandern mit Rucksack und Einkehr im Wirtshaus?«

Der Vater schob den Hut aus der Stirn. Er dachte nach. Er sagte: »Mit deiner Mutter bin ich noch durchs Urtal gewandert. Sie konnte nicht mehr gut steigen, und im Urtal geht's halt immer schön flach dahin, am Urbach entlang, links und rechts die hohen Felsen, das gefiel ihr, war eigentlich schon immer ihre Lieblingswanderung gewesen. Am Abend kehrten wir im Knörzhof ein und aßen Tellersülze. Mama trank ein Spezi, ich ein Weißbier. Es war unsere letzte, gemeinsame Wanderung. Ja, das war sie.«

Er zog den Hut in die Stirn und schabte weiter. Er hörte auf zu pfeifen.

Als nach drei Tagen das Wohnzimmer in einem zarten Pfirsichton erstrahlte, als alle Möbel an ihren angestammten Plätzen standen, die Vorhänge frisch gewaschen an den Fenstern hingen, und Maja zum Ende der Renovierungsarbeit Kartoffelsalat und Schnitzel auftischte, rief Helmut an und wollte wissen, wann seine Frau nun endlich wieder nach Hause käme.

»Sag mal, wie lange willst du denn noch in deinem schwäbischen Hinterland versauern, es wird Zeit, dass dir die steife Brise wieder um die Ohren bläst.«

In der Wortwahl klang Helmuts Anfrage betont locker, doch im Tonfall fordernd und ungeduldig. Maja spürte ein Brennen in der Magengegend, einen Stich in der Brust. Sie atmete durch.

»Ich weiß nicht wie lange ich bleibe«, sagte sie, »ich kann jetzt nicht weg, mein Vater findet gerade wieder zurück ins Leben, das braucht Zeit.«

Stille in der Leitung. Helmut glaubte wohl, sich verhört zu haben. Maja schwieg.

Dann sagte Helmut: »So war das aber nicht vereinbart, wir sprachen von drei Wochen, in drei Wochen kann man sich schließlich erholen, jede Kur ist auf drei Wochen ausgelegt, das zahlen auch die Kassen.

Maja sagte: »Ich mache hier keine Kur. Ich kann das jetzt nicht erklären, und ich kann jetzt nicht kommen, noch nicht, ich brauche Zeit.«

Helmut holte Luft, das konnte Maja hören.

Er wurde laut: »Da knallst du mir jetzt aber einen ordentlichen Fetzen an den Kopf, meine Liebe, den muss man sich erst mal durch die Ohren ziehen, das muss man dreimal kapieren oder gar nicht, muss man sich vom Fachmann erklären lassen, am besten mit Gebrauchsanweisung. Hallo, du brauchst also Zeit, einfach so. Wir hätten alle gerne Zeit, für dies und das, was glaubst du, wie ein Betrieb funktionieren könnte, wenn alle so dächten wie du. Nichts funktionierte da, Chaos bräche aus, am Ende stünde die Schließung. Man muss sich doch an Abmachungen halten, Verträge erfüllen, egal wie schlecht es einem geht. Ich wäre auch gerne so manches Mal lieber im Bett geblieben, oder mit einer Jolle rausgefahren, statt zur Arbeit zu gehen. Aber ich hatte Frau und Kind, musste ran. Versteh mich nicht falsch, ich arbeite gern und liebe meinen Beruf, aber es gab durchaus Tage, da hatte ich auch nicht vollen Bock auf Werkhalle und Kollegen. Das lag nicht an meinen Kollegen, das sind prima

Kerls, da lass ich nichts drüber, das lag allein an mir, nur an mir. Man hat solche Tage, versteh ich vollkommen, aber da muss man durch, einfach durch, dann geht es weiter, glaub mir Maja.«

Er war immer lauter geworden, nun hielt er inne, er hatte sich verrannt, wusste nicht mehr weiter.

Er redete jetzt leiser und wie mit sich selbst: »Oh Mann, oh Mann, das gibt's doch nicht, was sage ich unseren Nachbarn.«

Maja gab ihrem Vater ein Zeichen. Sie deutete auf ihren Mund, dann auf das Schnitzel in seinem Teller. Fang schon mal an zu essen, sonst wird es kalt. Der Vater schöpfte Kartoffelsalat, träufelte Zitronensaft auf sein Schnitzel.

Maja sagte: »Helmut, es tut mir leid, es ist wie ich sagte, ich bleibe noch hier, es ist sehr wichtig für mich.«

Helmut legte auf.

In der Nacht hörte Maja ihren Vater umherwandern, Türen öffnen, wieder schließen. Sie stand auf und fand ihn auf der Terrasse, barfuß. Er trug seinen Mantel über dem Schlafanzug.

Sie sagte: »Papa, was machst du hier, kannst du nicht schlafen?«

Er sah sie an: »Ach, da bist du ja, ich glaubte, du wärst abgereist, ich wollte zum Bahnhof gehen und nach dir fragen.«

»Komm, Papa«, sagte Maja, »wir gehen in die Küche und trinken Tee, und dann schlafen wir noch eine Runde, und morgen kaufen wir einen neuen Gartentisch, der alte ist reif für den Schrottplatz.«

Charlotte rief an. »Mama«, sagte sie, »lass dich nicht be-
eindrucken, Papa versteht es nur nicht, aber es geht ihm
gut, uns geht es gut. Papa ist am Wochenende ständig
mit seinen Kollegen unterwegs. Sie schippern auf der Au-
ßenalster, grillen abends dicke Fische und haben mächtig
Spaß. Dauernd laden ihn die Nachbarn ein, also es geht
hier rund, Papa hat gar keinen Grund und keine Zeit zum
Klagen, nur dass du Bescheid weißt. Ich hab übrigens einen Studienplatz für Heilpädagogik in Göttingen, such
dort gerade eine WG, ich freu mich riesig. Ich bin beruhigt, dass du mal an dich denkst und es auch durchziehst.
Wir Frauen müssen das lernen, du ganz besonders, du
hast dir viel zu viel aufs Auge drücken lassen.«

»Findest du?«

Maja war überrascht.

»Ja, finde ich, ist mir nicht entgangen, dass du meistens klein beigegeben hast, auch wenn es oft nur um Ur-
laubsplanung oder Inneneinrichtung ging. Da hat Papa
immer bekommen was er wollte. Also, werde nicht weich
und amüsiere dich mit Opa, er kann es brauchen.«

»Danke Charlotte, es freut mich, was du sagst. Weißt
du, mit Opa ist es so, er hatte ziemlich abgebaut, geistig,
er war sehr einsam, jetzt wacht er wieder ein bisschen
auf, ich möchte den jetzigen Zustand durch meine plötz-
liche Abreise nicht gefährden, er ist so glücklich, dass ich
bei ihm bin.«

Maja hielt inne, dann sagte sie. »Und ich bin es auch.«

Sie blieb. Sie dachte nicht an die Abreise, nicht an
Hamburg, wenig an Helmut. Er rief nicht mehr an, überließ den Kontakt seiner Tochter, die regelmäßig Bericht
erstattete.

»Und schöne Grüße von Papa«, sagte Charlotte bei jedem Gespräch.

Charlotte erzählte, Helmut habe einen Whirlpool für den Garten bestellt, ein Riesending, das viel Platz benötige, und die ohnehin bescheidene Grünfläche um fünf Quadratmeter verkleinere. Der Pool soll mit einem Kran über das Dach gehoben und über dem vorgesehenen Landeplatz einschweben. Die Nachbarn wollen mit anpacken, ihn punktgenau setzen, und sie kommen zur Poolparty, ist schon alles abgemacht. Ich konnte Papa nicht davon abhalten, ich habe es versucht. Du kennst Papa, was er will, das setzt er durch.

Maja reagierte entsetzt. »Wieso ein Pool, man kann doch überall schwimmen gehen.«

Charlotte sagte: »Ein Pool wird beheizt, du kannst bei Minusgraden baden, auch an Weihnachten.«

Lene sagte: »Was für eine Energieverschwendung, ein beheiztes Sprudelbecken, ich glaub es nicht, wer macht denn heutzutage noch sowas.«

Maja schämte sich für Helmuts Vorhaben. Mit Grausen dachte sie an die Gänseblümchen, die unter diesem Luxusmonster sterben würden. Sie sah ihren Vater mit der kleinen, grünen Gießkanne vor seinem Kräuterbeet stehen. Mit Andacht schwenkte er die Kanne hin und her, achtete auf die besonders schnell trocknenden Ränder des Beetes. Er verteilte gerecht und mit Augenmaß den zarten Sprühregen über seine Pflanzen, zupfte ein bisschen an ihnen herum, und knipste mit Daumen und Zeigefinger welke Stängel ab. Ging er durch die Wiese, vermied er es, auf Schlüsselblumen, Ehrenpreis und Gänseblümchen zu treten. Maja hatte schon als Kind dieses

Verhalten von ihrem Vater übernommen. Mit Blick auf die winzigen Blumen im Gras, ging sie mit gesenktem Kopf, und manchmal entdeckte sie dabei ein Veilchen. Im Garten ihres Vaters wuchsen Veilchen. Sie dufteten.

Maja dachte nicht an Rückkehr. Allein der Gedanke daran bekam ihr schlecht. Ihr Herz fing an zu flattern, sie hatte Schweißausbrüche. Sie erzählte das Lene und Wolfgang.

Sie sagte: »Was soll ich tun, ich muss irgendwann zurück nach Hamburg, ich habe Mann und Tochter, aber ich kann nicht, ich kann es nicht tun.«

Wolfgang empfahl ihr eine Beratung bei der kirchlichen Notfallseelsorge. Dort bekäme man schnell einen Termin ohne ärztliche Überweisung. Eine niedrigschwellige Angelegenheit sei das, oft mit zwei drei Gesprächen schon sehr hilfreich. Gute Leute arbeiteten dort, er könne sie empfehlen.

Lene sagte: »Deine Tochter ist jetzt volljährig, ihretwegen musst du keine Beziehung erhalten, die dich krank macht. Charlotte würde das nicht wollen, sie versteht dich, sie will dein Bestes, das hat sie schon oft bewiesen. Und Helmut, mein Gott, er würde es überleben, wenn du weggehst, so wie er gebaut ist. Du verlässt kein Kind, er ist erwachsen. Leute heiraten, trennen sich, lassen sich scheiden, so ist es nun mal. Die meisten finden neue Partner, machen dieselben Fehler wieder und so fort. Wer hat schon das Glück, auf Anhieb den Mann fürs ganze Leben zu finden. Sie streichelte Wolfgangs Arm.

Maja sagte: »Das verrückte ist, dass ich Helmut nichts vorwerfen kann. Er war gut zu mir, er ist zuverlässig. Er hat mich nie betrogen. Er ist ein ganz normaler Ehemann, ein fleißiger Arbeiter, er ist hilfsbereit. Ich bin diejenige, die Probleme macht, die sich nicht anpassen kann. In den zwanzig Jahren meiner Ehe konnte ich keine Freundschaften schließen, blieb den Leuten gegenüber reserviert, zog mich immer mehr zurück. In Wahrheit bin ich dort oben nie wirklich angekommen, wurde nicht heimisch.«

Das Wort heimisch gefiel ihr. »Ja, das ist es, ich wurde nicht heimisch, genau das ist es.«

Maja überlegte. »Ich glaube, ich wollte gar nicht heimisch werden, ich lehnte alles ab, was mir dabei geholfen hätte. Ich glaube, ich wollte vom ersten Tag an wieder nach Hause, ich denke, es war damals ein großer Fehler es nicht getan zu haben.

Wolfgang sagte: »Jetzt hast du es zumindest einmal ausgesprochen, vielleicht siehst du nun manches klarer.«

Maja sah zumindest eines, sie würde eine Entscheidung treffen. Nach zwanzig Jahren würde sie sich noch einmal entscheiden müssen. Es durfte so nicht weitergehen, sie brauchte eine endgültige Ordnung in ihrem Leben, ein einwandfreies Bekenntnis zu dem, was sie tun, wie und wo sie leben wollte, zu einer Zukunft, die für sie lebbar wäre.

Sie grub in ihrer Vergangenheit wie in einem Acker, in dem sie verborgene Schätze vermutete. Sie glaubte, eine Lösung ihres Problems in den Tiefen ihrer Erinnerung zu finden. Doch sie fand nichts.

Also entschied sie sich nicht mehr zu grübeln. Sie wollte auf etwas warten, auf einen Hinweis, eine Botschaft, auf ein Zeichen, auf irgendetwas, ja, auf einen Wegweiser, in welcher Form auch immer. Sie dachte, dass sie ihn deutlich erkennen würde, wenn er ihr vor die Augen käme.

Sie wurde ruhiger, zuversichtlich, sie wollte sich Zeit geben, sich überraschen lassen.

Sie sagte: »Irgendwann wird er kommen, mein Bote, das Zeichen, mein Fixstern. Und dann wird alles gut.«

Sie schlug ihrem Vater eine Wanderung vor.

»Ich würde gerne im Urtal wandern, in Erinnerung an Mama. Wäre das schön für dich? Wir könnten im Knörzhof Rast halten, und wenn die Zeit ausreicht, auf der Heimfahrt die Wallfahrtskirche auf dem Hochberg besuchen, da oben im Wirtshaus zu Abend essen. Und Papa, wie findest du das, Lene und Wolfgang kämen gerne mit, wenn du nichts dagegen hast.«

Der Vater strahlte wie aus Kinderaugen. »Es wäre sehr schön, wenn die beiden mitkämen, deine beste Freundin und ihr Mann.«

Wolfgang hatte sich als Fahrer angeboten. Majas Vater saß neben ihm, die beiden Frauen auf dem Rücksitz. Sie hatten es gut getroffen, ein sonniger Tag, ein wolkenloser Himmel, ein leichter Südwind fächelte über die Wiesen und durch die Blätter der Laubbäume an den Hängen des Albtraufs.

An einem Waldparkplatz stellte Wolfgang das Auto ab. Er wechselte seine flachen Mokassins gegen feste Wanderstiefel und schulterte seinen Rucksack. Majas Vater trug einen braunen Jägerhut mit Kordelband, in dem eine schwarze Feder steckte.

»Mein Wanderhut aus Tirol«, sagte er stolz, »er ist sehr alt, auf meiner Hochzeitsreise habe ich ihn erstanden, seither trag ich ihn bei jeder Wanderung.«

Lene bewunderte den Hut, sie bewunderte den Träger, zwei, die füreinander bestimmt seien, die sich gefunden hätten, das sehe sie. Sie wanderten Richtung Felsboden, in ein Trockental mit freistehenden, bizarren Felsgebilden, die wie Riesenpilze aus dem Boden zu wachsen schienen. Manche Steintürme standen in Reih und Glied, andere bildeten einen Ring oder klumpten zu unförmigen, massigen Gebilden auf. Hohe Felsnadeln schreckten Kletterer nicht ab. Auf vielen Spitzen standen sie und winkten einander zu.

Der Vater sagte: »Der dort drüben, der daumenförmige, das war meiner, den habe ich schon als Junge bezwungen.«

Sie erreichten den Eingang des Urtals, gingen hintereinander auf einem schmalen Serpentinenweg abwärts und trafen am Talboden auf die wasserarme Ur, ein Rinnsal in einem tiefliegenden Bachbett.

»Man darf sie nicht unterschätzen«, sagte Wolfgang, »nach ausgiebigen Regenfällen schwillt sie im Eiltempo an und schwappt über das Ufer. Dann kommst du hier nicht ohne nasse Füße durch.«

Sie wanderten paarweise, Wolfgang ging mit dem Vater, Lene und Maja folgten in kurzem Abstand. Maja sah ihren Vater aufrecht und trittsicher gehen, sein kleiner Rucksack hüpfte im Schritttempo mit.

»Er freute sich so sehr auf diesen Tag. Lene, du kannst dir nicht vorstellen, wie begeistert er seinen Rucksack packte. Eine Liste zum Abhaken legte er an, als besteige er den K2. Ich weiß nicht, mein Vater rührt mich von Tag zu Tag mehr, sein fast kindliches Verhalten, seine Dankbarkeit, seine Bescheidenheit. Ich sehe ihn an, und mir kommen die Tränen.«

Lene sagte: »Ich versteh dich, er ist ein tapferer Streckengeher, ich meine nicht nach Kilometern, sondern

nach Lebenszeit, er verlangt nichts, erduldet was kommt,
er ist leise, er drängt sich nicht auf, ihn zu mögen fällt
nicht schwer, aber ihn zu verlassen schon. Ich weiß ja
was dich beschäftigt.

»Möchte jemand einen Apfel, ich denke wir machen
eine kurze Rast.«

Wolfgang stellte seinen Rucksack auf eine Holzboh-
lenbank und teilte aus. Der Vater hatte sich gesetzt und
bewunderte den Blick auf die gegenüberliegende Talseite. Das Urtal weitete sich an dieser Stelle, ein Steg führte
über den Bach und zu einer Wildblumenwiese, die nur
auf einem ausgewiesenen Pfad betreten werden durfte.

Der Vater sagte: »Das ganze Tal steht unter Natur-
schutz, zum Glück für das Tal und für alle, die es lieben.«

Er nahm seinen Hut ab und stülpte ihn über das linke
Knie. Er schlug die Zähne in den Apfel, hielt ihn in der
Hand wie ein Geschenk von größter Bedeutung, eine
Wegzehr, eine Labsal. Er war dankbar.

Alle aßen Äpfel. »So ein Apfel wirkt bei mir wie
ein doppelter Espresso«, ich könnte Bäume ausreißen«,
schwärmte Lene.

»Aber bitte nicht hier und jetzt«, bettelte Wolfgang in
gespielter Sorge, »du weißt, wir befinden uns im Flora-
Fauna-Schutzgebiet.«

Wolfgang erzählte, dass Friedrich Schiller Äpfel als
Stimulanz für sein Schreiben nutzte, allerdings Äpfel im
Stadium der Fäulnis. Sie besitzen angeblich eine drogen-
ähnliche Wirkung, wenn man an ihnen schnüffelt. Er sammelte also faule Äpfel in seiner Schreibtischschublade,
roch immer wieder an ihnen. Schiller soll daher ein Ap-
felschnüffler gewesen sein.

Lene lachte ohne Ende, und Wolfgang sagte: »An deinem Lachen zeigt sich, dass sogar frische Äpfel bereits eine stimulierende Wirkung haben, wieviel gefährlicher werden daher die faulen sein.«

Sie lachten, gerieten in eine ausgelassene Stimmung. Der Vater verschluckte sich an einem Apfelstück und hustete heftig. Ein dünner Speichelfaden rann über sein Kinn. Er rang nach Luft, suchte im Rucksack nach einem Taschentuch. Lene klopfte ihm auf den Rücken. Maja kam ihm zuvor und gab ihm ein Papiertaschentuch.

»Lass Papa, nimm das da.«

Er wischte sich über das Kinn und keuchte erleichtert.

»Sowas«, sagte er entschuldigend, »ich werde doch noch einen Apfel essen können.«

Der Vorfall war ihm peinlich. Er saß eine Weile ganz still und atmete flach. Maja kämpfte mit den Tränen.

»Geht's wieder, Papa?«, fragte sie ängstlich.

»Es geht mir gut«, sagte der Vater.

Er setzte seinen Tirolerhut auf und erhob sich.

»Und, bereit zu neuen Abenteuern«, rief er munter und schob die Träger seines Rucksacks über die Schulter.

Der Weg war breiter geworden, der Bach hatte sich in den Wiesengründen versteckt, dann kam er wieder näher, kreuzte ihre Route und wechselte die Talseite. Sie gingen über einen Holzsteg und schauten ins Bachbett der Ur, die an dieser Stelle einem schlauchförmigen Tümpel glich. Sie entdeckten Sumpfdotterblumen im Ufereinschnitt, ein Libellengeschwader schoss im Zickzackkurs über das scheinbar stehende Wasser.

»Hier hat sich der Bach schon immer gestaut, ein paar Felsbrocken vor dem Gefälle verhindern den zügigen

Abfluss«, sagte der Vater.

Am Gefälle verengte sich das Tal, der Bach rieselte zwischen Steinquadern abwärts, bekam leichten Schwung. Zwischen bizarren Felsgebilden wuchs spärliches Laubgewächs, kleinwüchsige Krummkiefern hingen wie absturzbereit an den hohen Talwänden. Diese rückten zu beiden Seiten näher und warfen Schatten auf den Weg, auch abgebrochene Zweige. Wolfgang ging voraus und räumte den Pfad frei. Auf diesem letzten Abschnitt der Urtalwanderung sollte niemand über einen Ast stolpern, alle sollten wohlbehalten die Talschenke erreichen.

Maja erinnerte sich. Von Wanderungen hatte sie immer ein kleines Andenken mitgebracht, einen besonderen Stein, ein Schneckenhaus, manchmal eine Vogelfeder. Sie hatte es schon als Kind getan und später auch. In ihren Regalen hatte sie unzählige Naturwunder angesammelt, wie sie ihre Fundstücke nannte. Erst nach der Beerdigung ihrer Mutter hatte sie in einem Anflug von Hoffnungslosigkeit alle diese Erinnerungsstücke in den Müll geworfen, hatte nichts behalten. Jetzt, bevor sie das Tal verlassen würden, begann sie den Weg nach etwas Brauchbarem abzusuchen. Nicht zu schwer und nicht zu groß sollte es sein und in ihre Hosentasche passen. Sie nahm Steine in die Hand und ließ sie wieder fallen. Steine wie sie überall zu finden waren, sich überall glichen, nichts Besonderes waren.

Sie suchte den Wegrand ab, das Geröll, das von Tieren losgelöst, sich am Fuß der Talwand angesammelt hatte. Sie fand nichts Passendes, stocherte mit der Schuhspitze die Erde auf und entdeckte einen kantigen kleineren Stein, der ihr gefiel. Sie bückte sich um ihn aufzuheben, doch der Stein rührte sich nicht. Er steckte fest. Maja packte ihn und zog ihn aus der Erde. Der Fund war größer als gedacht, zwei Drittel des Steines hatten im Boden gesteckt. Viel zu groß, dachte Maja, so groß wie meine Hand. Dort lag er, als hätte ihn die Natur für sie zurechtgeformt, als wäre er ein Negativabdruck ihres Handtellers. Er lief spitz zu, mit der scharfen Kante könnte man schneiden, ihr Daumen lag passgenau in einer Kuhle. Was war das, ein Handschmeichler, oder eher eine Waffe? Sie ging weiter, hielt den Stein mit der Spitze nach unten und spürte eine steigende Wärme in ihrer Hand. Es war, als ginge nicht Maja mit dem Stein, sondern der Stein mit ihr. Als hätte jemand ihre Hand ergriffen und schmiege sich an sie, wie ein Kind, das mitgenommen werden wollte. Niemals würde ich diesen Stein zurücklassen im Talgrund der Ur, niemals könnte ich ihn vergessen, dachte sie. Sie ging schneller, holte die anderen ein und steckte den Stein mit der Spitze nach oben in ihre tiefe Hosentasche.

Das Tal öffnete sich, die steilen Wände traten zurück und flachten ab. Die Ur plätscherte plötzlich über ein weiteres Gefälle und begann zu fließen. Sie zog davon wie ein Fisch, den der Angler zurück ins Wasser wirft. Sie schlug einen Bogen und verschwand im hohen Gras einer weiten Wiesenfläche, in der ein Meer von Margeriten die Blütenköpfe in die Sonne reckten

»Oh wie schön, Margeriten«, sagte der Vater und blieb stehen.

Eine schindelgedeckte Holzhütte stand als einziges Haus am Rand der Wiese, die Knörzhütte. Vor der Hütte gab es freie Tische. Sie setzten sich an einen Tisch vor der warmen Hauswand. Wolfgang besorgte Getränke am offenen Büffetfenster. Auf einer Tafel waren die Speisen angeschrieben.

»Was möchtest du essen Papa, ich bring es dir mit«, sagte Maja.

»Nein, nein, ich hol mir meinen Linsentopf selbst, aber sag mir, was du haben möchtest, bleib sitzen und ruh dich ein bisschen aus.«

Maja stand auf. »Ich bin nicht müde Papa, ich komm mit dir, ich weiß noch nicht, auf was ich Appetit habe, erst mal sehen, was es sonst noch gibt.«

Lene und Wolfgang aßen Gulaschsuppe, Maja Apfelstrudel mit Vanillesoße, und der Vater seinen Linsentopf mit Würstchen.

Er trank einen Schluck Apfelschorle und sagte: »Maria, weißt du noch, das letzte Mal saßen wir an dem Tisch dort drüben, beim Haselstrauch, wir aßen Tellersülze.«

Er deutete mit seinem Löffel auf einen Tisch, an dem zwei ältere Frauen saßen und Kaffee tranken. Er aß weiter, es schmeckte ihm. Lene und Wolfgang sahen sich an, dann sahen sie Maja an, Maja sah die Freunde an. Sie nickte nur, sagte gar nichts. Es wurde still am Tisch. Die Freunde starrten in ihre leeren Teller.

Der Vater schob seinen Topf von sich weg, lehnte sich zurück und sagte: »Ah, die Linsen waren sehr gut, die Würstchen auch.«

Wolfgang sammelte die Teller ein und trug sie zur Geschirrabgabe. Der Vater aß noch ein Nachtischeis, Maja, Lene und Wolfgang tranken Espresso. Um die Stimmung etwas anzukurbeln, holte Maja ihren Stein aus der Hosentasche und legte ihn auf den Tisch.

»Schaut mal, was ich heute gefunden habe, ein seltenes Exemplar von einem Stein.«

Wolfgang starrte auf den Findling und legte seine Fingerspitzen wie im Schreck an seine Lippen.

»Maja«, sagte er, »wo hast du ihn entdeckt, lag er auf dem Weg oder wie?«

»Wieso, was ist mit dem Stein, ich habe ihn ausgegraben, das größere Teil steckte in der Erde.«

»Du hast ihn ausgegraben, weshalb hast du ihn ausgegraben?«

»Er gefiel mir, ich dachte, er habe die richtige Größe als Andenkenstein, dann zog ich, und er wurde immer länger.

»Und du hast ihn trotzdem mitgenommen«, sagte Wolfgang bedeutungsschwer und Wort für Wort betonend.

»Mein Gott, weißt du was du da aus dem Boden gezogen hast, ist dir das klar?«

Er nahm den Stein und drehte ihn hin und her, zog die scharfe Kante über die Handinnenfläche, pickte die Spitze in seinen Handballen. Er schüttelte den Kopf, sah Maja an.

Er sagte: »Mädchen, du hast einen Faustkeil aus dem Hang gezogen, einen Faustkeil hast du entdeckt, mit Daumenkerbe, Schneide und Spitze, das gibt es doch nicht, wirklich, ich fasse es nicht.«

»Einen Faustkeil, und was bedeutet das jetzt?«

»Das bedeutet, dass du ein Werkzeug gefunden hast, das bei frühester Datierung vor etwa dreihunderttausend Jahren von einem Steinzeitmenschen hergestellt und benutzt worden war. Das bedeutet, dass du heute etwas bekommen hast, das auf jeden Fall wenigstens

sechzigtausend bis hunderttausend Jahre alt ist, wenn
nicht älter. Dein Steinzeitvorfahre hat es für dich im Boden versteckt, damit du es heute finden würdest. Er hat
es gut mit dir gemeint.«

Der Faustkeil wanderte von Hand zu Hand. Der Vater
hielt ihn in beiden Händen wie eine Opfergabe.

Lene sagte. »Ich bin überwältigt, aber muss man solche Funde nicht melden, wem gehören sie, darf man sie
einfach behalten oder was?«

»Eigentlich muss man es melden«, sagte Wolfgang.
»Dass jemand einen Faustkeil findet, ist äußerst selten, es
ist ein Ereignis und absolut außergewöhnlich. Aber ich
denke, dieser hier ist in Majas Händen genau am richtigen Platz, und nützlicher als im Glaskasten eines Mu-
seums, da liegen schließlich noch weitere. Wir sind die
einzigen Zeugen, also, du kannst dich auf uns verlassen
Maja, du solltest ihn behalten.«

Maja sagte: »Er gehört mir, er hat auf mich gewartet
und ich auf ihn, er ist ein Zeichen, ein Wegweiser, er
gehört mir.«

INHALT